Perry & das Elixier

Das Ipswich-Ereignis 2

Perry & das Elixier

Das Ipswich-Ereignis 2

Von Kelly Cait

ISBN: 9798883120694
Imprint: Independently published
https://sonnenbluemchens-schreibstube@td42.de
Cover: https://beetifulbookcovers.com
Typografie & Herstellung: www.juliawalch.de

Inhalt

Die Nacht, in der es begann

Perry Cole war ein Zauberer, besaß aber keinen Zauberstab. Er trug weder einen spitzen Hut noch einen Umhang.

Und er besaß auch keine schwarze Katze.

Stattdessen widmete er sich der Kunst, Zaubertränke zu brauen. Dazu brauchte er solche alltäglich erscheinenden Dinge wie Kochtöpfe und Kannen, langstielige Löffel und Gläser mit Kräutern.

Seine Nachbarn hätten geschworen, dass er irgendeiner ganz normalen Tätigkeit nachging, beispielsweise als Buchhalter eines Versicherungsunternehmens, der zurzeit eben im Homeoffice arbeitete.

Das hätten sie auch weiterhin angenommen, wäre nicht an diesem ganz speziellen Tag alles grundlegend anders geworden.

Es gab keine Vorwarnung.

Perry reinigte einige Heilpflanzen, die er frühmorgens gesammelt hatte, und trank dabei ab und zu einen Schluck Tee. Im Radio kamen gerade die Nachrichten.

Er nahm die Zeitung zur Hand, um sie als Unterlage auf dem Tisch auszubreiten, und warf dabei einen kurzen Blick darauf. Die Überschrift eines Artikels weckte sein Interesse und er begann zu lesen.

Im nächsten Augenblick wurde ihm sonderbar zumute. Er spürte, wie es ihn abwärts zog. Seine Augen wurden schlechter.

Auf einmal wirkte alles wie in einem alten Film. Weitgehend farblos.

Er meinte plötzlich, die Gerüche ringsum müssten ihn überwältigen und er nieste.

Wieso war der Tisch so weit oben?

Wurde er ohnmächtig?

Nein.

Aber irgendetwas stimmte nicht.

Perry schnüffelte.

Dann wunderte er sich darüber. Er sah an sich herab.

Da waren zwei Pfoten. Und schwarze Haare.

Ach, du liebes bisschen!

Perry reckte die Schultern, versuchte, etwas zu sagen und es kam eine Art Jaulen heraus.

Dummerweise wurde auch das Denken in Sätzen schwierig und er sah stattdessen mehr Bilder. Roch mehr. Hörte plötzlich, dass die Nachbarn nebenan leise miteinander stritten.

„Hallo“, wollte er rufen. „Hallo, holen Sie bitte einen Krankenwagen!“

Heraus kam etwas, das wie Wauwau-wau klang.

Verdutzt setzte er sich und kratzte sich hinter dem Ohr.

Dabei fiel ihm auf, dass er das mit dem Fuß tat. Genauer gesagt mit der Pfote. Also hatte er Mist gebaut.

Irgendetwas war schiefgelaufen.

Zauberer lernten früh, dass Dinge schiefgehen konnten. Und wer Tränke zubereitete, besaß Notfallpläne für magische Unfälle und Missgeschicke.

Nur, was hatte er denn falsch gemacht?

In Gedanken ging er alles durch, was er die letzten Tage über geköchelt hatte. Er überlegte, was zum Trocknen am Fenster hing.

Nichts davon erklärte, weshalb er auf einmal im Körper eines Tieres steckte.

Er schüttelte sich, spähte noch einmal nach unten und versuchte, über seine Schulter zu blicken. Offenkundig besaß er plötzlich die Gestalt eines Hundes.

Dieser Hund war nicht besonders groß und hatte viele Haare. Schwarze Haare.

In seiner Verwirrung leckte er sich über die Lippen und seine Zunge erwies sich als ungewohnt lang und beweglich. Er schlappte sich damit praktisch übers ganze Gesicht.

Ja, was für ein Mist!

Er wollte auf den Tisch springen, um die Pflanzen darauf anzusehen, doch der ungewohnte Körper ließ sich nicht so einfach bewegen. Perry krachte gegen die Rücklehne des Küchenstuhls und rutschte zu Boden.

Ernüchtert rappelte er sich auf.

Was er jetzt brauchte, war Hilfe, und zwar die Hilfe durch einen Zauberer oder eine Hexe. Nur, wie stellte er das an?

Telefonieren konnte er so definitiv nicht. Er bezweifelte sogar, ob er die Wohnungstür aufbekommen würde.

Ein Fenster? Er wohnte im zweiten Stock. Von da herabzuspringen, konnte ihm Knochenbrüche eintragen.

Frustriert jaulte er und verfiel dann darauf, zu bellen.

Halb wunderte ihn das, halb schien es natürlich, ja beinahe zwingend. Wenn man alleine war, ein Problem nicht lösen konnte, sich Sorgen zu machen begann ... was tat man da? Man bellte. Oder jaulte.

Man kratzte an der Tür.

Wirklich?

Perry hüpfte um den Tisch herum und wünschte sich, das dumme Gekläffe würde aufhören.

Ach so, er selbst war es ja, der diesen Radau veranstaltete.

Er setzte sich und begann zu hecheln.

Hecheln war gut. Das beruhigte.

Aber man bekam auch eine trockene Zunge.

Und der Krug mit Tee stand irgendwo oben. Unerreichbar.

Perry begann zu ahnen, dass er wirklich in der Patsche saß. Unverhofft im Körper eines kleinen Hundes festzustecken, das gehörte nicht zu den Dingen, auf die er vorbereitet worden war.

Tränke, die zu solchen Verwandlungen führen konnten, hatte er nie zubereitet. Er kannte sie theoretisch aus Büchern, Büchern, die für ihn zu schwierig gewesen waren.

Sein Fachbereich waren Tees, die Beschwerden lindern konnten, kleine Tränke gegen Armut und schlechte Laune, Salben, die das Aussehen verbesserten, ... alltägliche Dinge.

Natürlich hatte er auch gelernt, komplexe Tränke zu brauen, doch waren viele davon gefährlich und vor allem teuer. Seine Klienten konnten sich solche Zubereitungen gar nicht leisten. Es lag Jahre zurück, dass er einen echten Glückstrank gemacht hatte, eine Prozedur, die Monate dauerte und die unter anderem ein halbes Gramm Gold erforderte. Oder den Trank der Verschleierung, der dafür sorgte, dass einen einfach niemand so richtig wahrnahm. Sehr kompliziert, er erforderte stundenlanges Rühren ... außerdem benötigte man dafür verbotene Substanzen.

Perry gehörte nicht zu jenen Zauberern, die gerne gegen Gesetze verstießen. Schon gar nicht gegen die Gesetze der magischen und der nichtmagischen Welt gleichzeitig.

Er seufzte.

Wie konnte er Hilfe herbeirufen?

Und schon bellte er wieder. Das kam wie von selbst.

Ärgerlich.

Vielleicht aber auch nützlich. Lärm rief möglicherweise die Nachbarn auf den Plan. Aber er bellte schon eine ganze Weile, ehe er Mr Jenkins nebenan fragen hörte: „Was ist denn das bloß für eine furchtbare Töle?“

Und Ms Jenkins sagte: „Das kommt aus Mr Coles Wohnung. Ganz gewiss hat er wieder einmal Besuch. Es ist nur sehr rücksichtslos von Leuten, ihren Hund mitzubringen, wenn sie private Besuche machen.“

„In der Tat“, gab er ihr recht und Perry wunderte sich, dass er das alles durch die Wand hindurch verstand. Anscheinend hatte sich sein Gehör enorm verbessert.

Und da es ihm gelang, die Nachbarn mit dem Gebell zu stören, fuhr er damit fort, bis sich eine Tür öffnete, Schritte zu hören waren und dann jemand an seiner Tür läutete.

Nur konnte er ja nicht aufmachen. Er bellte also umso heftiger.

Jemand schlug dreimal mit der Faust gegen die Tür. Anscheinend war Mr Jenkins jetzt doch erheblich ungehalten.

Perry quittierte das mit Geheul und Gebell.

Aber vorerst gaben die Nachbarn auf.

Und Perry war erschöpft. Er bekam Hunger. Seine Zunge war noch trockener geworden. Was half da? Bellen.

Bellen war die Methode für alles und gegen alles.

Und tatsächlich, als er schon fürchtete, er würde in der eigenen Wohnung verdursten und verhungern, und nachdem er zwei Mal mit dem Küchenstuhl umgefallen war, klingelte es wieder.

Dann stocherte jemand mit einem Schlüssel im Schloss. Perry rannte dorthin und sprang vor lauter Aufregung auf und ab.

Die Tür öffnete sich.

Eine harte Hand griff zu und Perry winselte.

„So. Und wo ist Mr Cole?"

Es war der Mitarbeiter der Hausverwaltung, der ihn so schmerzhaft gepackt hielt. Ms Jenkins drängte sich an ihnen beiden vorbei und lief durch die Wohnung.

„Er ist nicht da", sagte sie schließlich. „Aber hier liegt eine Zeitung und frisches Grün. Die Zeitung ist von heute. Komisches Blatt. *Magischer Tagesanzeiger.*"

Der magische Tagesanzeiger interessierte den Mann von der Hausverwaltung nicht.

„Der Hund ist unbeaufsichtigt und bellt. Und er ist nicht genehmigt. Ich werde ihn ins Tierheim bringen. Sehen Sie irgendwo ein Halsband oder eine Leine, Ms Jenkins?“

„Nein, aber ich kann eine Schnur von drüben holen.“

Das tat sie dann auch und so begann ein ganz übles Kapitel in Perrys Leben. Und alles, was er tun konnte, war nach Kräften zu bellen.

Harter Zement

Er konnte es gar nicht glauben. Die hatten ihn tatsächlich in ein Tierheim verfrachtet!

Er landete hinter Gittern wie jemand, der etwas ausgefressen hat. Dazu gab es kaltes Wasser und ebenso kaltes Hundefutter.

Was für ein übler Scherz des Schicksals, dem er doch gar nichts getan hatte.

Wen hatte er beleidigt, welche Opfer an die Naturgeister falsch vollzogen, um das zu verdienen?

Dazu war es auch noch saukalt!

Fell, so hatte er bisher angenommen, sorgte bei Tieren für die Wärme, die Kleider den Menschen schenken. Ja, Pustekuchen. Er fror ganz erbärmlich auf dem kalten Zement. Er zog abwechselnd eine seiner vier Pfoten hoch.

Ringsum ihn herum bellte es und natürlich fiel er bald ein.

Ihm war klar, dass er in einen Sog aus Instinkten gezogen wurde. Wenn es ihm nicht gelang, sich ihnen zu widersetzen, würde es nur schwieriger werden, hier wieder herauszukommen.

Kurz überlegte er, ob er wohl durch eine Familie gerettet werden würde, die ein Haustier suchte. Doch wie groß war die Chance, dass jemand ausgerechnet ihn wählte?

Er konnte versuchen, unwiderstehlich süß zu gucken – der älteste Trick im Buch, sozusagen. Doch den kannten hier vermutlich alle und wussten ihn aus Erfahrung anzuwenden.

Er hingegen musste das Hundesein noch lernen.

Und das wollte er ja eigentlich nicht.

Verdammt!

Zweimal bemühte er sich, durch die Zwischenräume der Gitterstäbe zu entkommen, nur passte da nicht einmal seine neue, magere Gestalt hindurch.

Immer panischer lief er hin und her, hechelte und musste mal austreten. Jetzt hätte er viel für eine Katzentoilette gegeben.

Gleichzeitig wurde ihm ganz schwindlig von all den Eindrücken, die ihm seine Sinne übermittelten. Gerüche vor allem. Er wusste, ob die Hunde links und rechts in den Gehegen männlich oder weiblich waren, was die zehn Meter entfernt stehende Mitarbeiterin des Tierheims zu Mittag gegessen hatte (Pizza vegetarisch mit Artischocken) und dass hinter dem Gebäude vier Autos standen. Er schnüffelte unwillkürlich.

Ja, vier.

Dass es bald schneien würde, war ihm auch absolut klar.

Und er hatte ein Gehege, dessen Überdachung nicht sehr weit nach vorne reichte.

Als Bürger der Stadt hatte er sich ein Tierheim eigentlich als besseren Ort vorgestellt: im Winter geheizt, mit warmen Decken und nettem Spielzeug. Davon war hier nichts zu sehen. Es gab eine gepolsterte Liegefläche von der Größe einer Servierplatte, die so erbärmlich nach nassem Hund und Urin stank, dass er sich darauf ganz sicherlich nicht setzen oder gar legen würde.

Vor Wut und um warm zu werden, sprang er auf und ab.

Die Hunde gegenüber verbellten ihn. Einer, eine Art Terrier, knurrte böse. Dem würde er wohl besser aus dem Weg gehen, falls man hier mal Gassi geführt wurde.

Dabei hatte die Demütigung ihm schon auf dem Weg hierher zugesetzt: Er, ein Alchemist von einigem Ansehen, wurde an einer Paketschnur herumgezerrt!

Jetzt waren vermutlich Halsband und Leine dran und das erinnerte ihn unangenehm an erotische Spiele, die angeblich von manchen Leuten durchaus geschätzt wurden. Ihm wurde schon bei dem Gedanken übel. Er wollte sich an die Kehle fassen, konnte sich aber nur kratzen.

Er setzte sich.

Jetzt musste kühle, klare Überlegung zum Einsatz kommen.

Nicht auszudenken, wenn er hier für Tage oder gar Wochen festsaß. Das musste er verhindern.

Perry gehörte nicht zu den Großen der Zunft, aber auf seinen Verstand hatte er sich immer ein bisschen was eingebildet. Als jüngerer Mann hatte er in Cambridge Biologie studiert und mit einer guten Note abgeschlossen. Ein Dummkopf war er also nicht. Und sein Meister in Alchemie hatte nicht immer alle seine Tränke gelobt, aber stets seine Fähigkeit, Schlussfolgerungen zu ziehen und Zusammenhänge zu erkennen.

Das musste ihm doch helfen, hier herauszukommen, ohne auf ein Wunder zu warten, das ohnehin nicht kommen würde.

Dann, wenn er seine Freiheit wieder hatte, konnte er der Ursache für dieses Desaster auf den Grund gehen.

Als eine junge Frau kam, den Hebel öffnete und ihn freundlich fragte, ob er sich schon eingelebt hätte, dachte er: „In drei oder vier Stunden? Was für eine dämliche Frage!“

Dann war er bereit, es einfach als Kontaktaufnahme zu akzeptieren und wedelte, was sich sonderbar anfühlte. Als würde das eigene Hinterteil tun, was es wollte.

„Ja, du bist ein Braver. Leider haben wir keinen Namen und keinen Besitzer. Schauen wir mal, ob du einen Chip hast!“

Sie hielt ein Gerät an seine Schultern, seinen Nacken, führte es über den ganzen Körper und sagte schließlich: „Deine Besitzer hätten dich wirklich besser davor schützen sollen, abhanden zu kommen. Warten wir, ob sie von sich aus vorbeikommen. Du musst dir ganz bestimmt keine Sorgen machen. Ein Hübscher wie du findet immer jemand Neues.“

Ein Hübscher. Haha.

Perry bemühte sich, freundlich zu bleiben. Das war schließlich die Währung, mit der man hier zahlte. Man musste nett, freundlich, sauber und höflich sein und dann wurde man gut behandelt. Nicht auszudenken, was passierte, wenn er sich kratzbürstig gab.

Die Art, wie sie mit ihm sprach, war schon ärgerlich genug, aber jetzt hatte sie doch tatsächlich Halsband und Leine und führte ihn damit nach draußen.

Das war zu peinlich. Andererseits konnte er so mal seine Blase leeren und dafür war er dankbar.

Perry fühlte sich wie magisch vom nächsten Busch angezogen, der nach Botschaften roch, wichtigen, drängenden Informationen über Alter, Geschlecht und gesundheitliche Verfassung von anderen Hunden. Er schnüffelte und kam sich dabei gleichzeitig ungemein dämlich vor.

Und der Laternenpfahl ein Stück weiter, der war voll mit Nachrichten, die alle gelesen, bewertet und kommentiert werden wollten. So wie ein Twitter-Account.

Perry wandte sich mit bewusster Anstrengung ab und setzte sich.

„Was hast du denn?“, fragte die junge Frau am anderen Ende der Leine.

Perry winselte. Das alles war entwürdigend und gemein.

Wem verdankte er bloß diesen Albtraum?

Verzweifelter als vorher dachte er darüber nach, wen er womöglich gekränkt hatte.

„Komm jetzt, Kleiner!“

Perry ließ sich mitziehen und fand den Zug an seinem Hals weniger unangenehm als gedacht. Offenbar besaß er dort harte Muskeln oder Sehnen, die den Druck milderten.

Nur wie kam er jetzt weg?

Wenn sie ihn einmal wieder in dem Gitterding hatte, blieb ihm keine Chance. Er musste es jetzt schaffen. Wie brachte er sie dazu, die Leine loszulassen?

Ehe er einen Weg gefunden hatte, ging es auch schon wieder zurück aufs Gelände des Tierheims und er landete, wo er nicht hinwollte.

Er kläffte frustriert und die junge Frau sagte: „Bald gibt es leckeres Happahappa. Da willst du doch lieber da sein, wo der Napf ist.“

Von wegen. Happahappa.

Warum wurden Tiere eigentlich ständig behandelt wie Kleinkinder?

Das Happahappa kam, roch billig und *war* vermutlich auch billig. Perry konnte sich nicht dazu bringen, es auch nur anzurühren. Wer konnte schon sagen, was da überhaupt drin war?

Im besten Fall Schlachtabfälle, im schlimmsten Dinge, an die er gar nicht zu denken wagte. Und das kalt serviert.

Wie Rache.

Das brachte ihn wieder auf die Frage, wer ihn hier so leiden ließ.

Es musste jemand sein, der über erhebliche magische Fähigkeiten verfügte. Perry hatte wenig Kontakt zu solchen Leuten. Er betrieb still und leise seine kleine Praxis für alchemistische Beratung, verkaufte gut gemischte Tees, sorgfältig zubereitete Pasten und Salben, Öl zur Lederpflege, Duftöle mit Zusatzwirkungen und andere Kleinigkeiten.

Dabei kam er den Großen der Branche nicht in die Quere.

Er hatte nie versucht, Gold zu machen oder das Elixier des ewigen Lebens zu finden und das schon deswegen, weil solche Künste zu hoch für ihn waren.

Sein Meister hatte so etwas nicht vermocht und er konnte es noch viel weniger.

Hatte er einem Verwandten oder einem Freund eines großen Zauberers einen wirkungslosen Tee verkauft? Oder einen mit unerwünschten Nebenwirkungen?

Nein. Denn wenn er auch ein Alchemist für die kleineren

Dinge war, so doch ein guter. Und er machte alles sorgsam streng nach Rezept und prüfte alles magisch, ehe er es jemandem mitgab.

Wie also war er bei einer mächtigen Person derart in Ungnade gefallen, dass man ihn in einen Hund verwandelte?

Jetzt fing der Schnee an zu fallen. Musste das auch noch sein?

Und natürlich wehte der Wind die Flocken bis ins hinterste Eckchen des Zwingers.

Perry hatte nicht einmal mehr die Kraft zu kläffen.

Ganz vorsichtig setzte er eine Pfote auf das stinkende Stück Kunstfell. Noch eine.

Dann rollte er sich darauf zusammen, schob den Kopf zwischen die Pfoten und war im Handumdrehen eingeschlafen.

Er träumte von Gerüchen und das ließ ihn erwachen und sich fragen, weshalb es so kalt war. Er wollte die Bettdecke hochziehen, doch da war keine.

Erst nach und nach dämmerte es ihm: Er war wahr und wahrhaftig in einem Zwinger und in einen Hund verwandelt.

Nachts fühlten sich schlechte Gedanken noch schlechter an als am Tag und Perry wusste gar nicht wohin mit seinem Elend.

Aber dann entschloss er sich, sein Schicksal nicht länger kampflos zu akzeptieren. Er würde hier herauskommen und das sogar schnell, weil es seine Würde nicht zuließ, auch nur einen weiteren Tag hinter diesen Gittern zu verbringen.

Flucht

Leider brauchte er einen weiteren Tag und musste noch einmal auf dem stinkenden Kunstfellding schlafen.

Dann entkam er wie ursprünglich geplant beim Gassigehen, als er bemerkte, dass die Frau, die ihn ausführte, zum Handy gegriffen hatte.

Er tat, als würde er hingebungsvoll an einem Pfosten schnuppern, schielte nach oben, sah, dass ihr Blick fest auf das Gerät in ihrer Hand gerichtet war, und machte einen Satz nach vorne, der ihr die Leine aus der Hand riss.

Dann rannte er.

Sie rief ihm nach: „Kleiner, komm! Komm zurück." Dann: „Du blödes Vieh, hörst du nicht?"

Er hörte. Er hatte nur nicht vor, dem Ruf zu folgen. In aller Eile rannte er weiter, es gelang ihm aber, auf den Verkehr zu achten und nicht einfach über die nächste Kreuzung zu stürzen und so einen Unfall zu verursachen. Er spürte den Fluchtrieb wie ein gehetztes Reh und lief weiter als es vermutlich nötig gewesen wäre.

Dann verkroch er sich hinter einer Mülltonne und hechelte.

Das war geschafft.

Nur was jetzt?

Er hatte bereits in der Nacht versucht, etwas zu zaubern, kleine Dinge, wie man sie lernte, wenn man seine Ausbildung als Magier begann: etwas ganz leicht zu bewegen, wie den Futternapf beispielsweise. Oder die Frau, die nachts Wache hielt, zu seinem Gehege zu rufen – nur durch die Macht seiner Gedanken.

Sie war leider in ihrem kleinen Raum sitzengeblieben, aus dem unaufhörlich ein unerfreulicher Geruch nach Desinfektionsmittel und aromatisiertem Tee quoll. Und der Napf hatte sich nicht bewegt.

Perry gestand sich also ein, dass er in diesem Zustand nicht nur gefangen war, sondern so auch kein bisschen zaubern konnte.

Was blieb ihm unter diesen Umständen übrig? Er musste jemanden finden, für den das nicht galt: eine Hexe, einen Zauberer, ein magisches Wesen ... irgendwen mit der Macht, ihn zu erlösen.

Allerdings war vermutlich nicht jeder überhaupt in der Lage dazu, denn ein so mächtiger Zauber verlangte nach einem ebenso mächtigen Zauberer, um ihn wieder rückgängig zu machen.

Wie viele Magiekundige in Ipswich besaßen große magische Macht?

Nun, zum einen die Großhexe Isabel Bowles.

Sie war eine gutaussehende, recht arrogante und von sich selbst eingenommene Person, die Perry kaum jemals eines Blickes gewürdigt hatte.

Dann gab es Rubio, der ganz klar in der Lage war, Perry aus seiner misslichen Lage zu befreien. Nur würde er es nicht tun. Er war für sein reizbares Wesen und seinen zweifelhaften

Charakter weithin bekannt. Man sagte ihm Grausamkeit nach, Habgier und eine Neigung, die Notlagen anderer skrupellos zu seinem eigenen Vorteil zu nutzen. Im schlimmsten Fall würde er Perry einfach auslachen oder ihn in ein noch ohnmächtigeres Tier verwandeln. Einen Frosch vielleicht. Oder eine Eintagsfliege.

Nur so zum Spaß und weil er es konnte.

Wer kam noch infrage?

Perry wollte einfach niemand einfallen. Ipswich beherbergte einige Hexen und Zauberer, doch waren die meisten wie Perry selbst eher unbedeutende Alltagshexende.

Vielleicht noch der Voodoo-Kerl, der sich vor zwei oder drei Jahren hier angesiedelt hatte. Voodoo war eine kraftvolle Form der Magie und würde vermutlich ausreichen, um Perry zu entzaubern.

Kurz dachte er darüber nach, ob nicht vielleicht gerade dieser Voodoo-Hexer ihn verflucht hatte.

Aber weshalb? Er kannte ihn nicht einmal persönlich, sondern hatte nur von ihm gehört. Er hatte ihm auch keine Kundschaft abspenstig gemacht oder schlecht über ihn geredet.

Perry leckte kleine Schneeflöckchen von seiner Nase und schielte dann dorthin. Er hatte ja wirklich ein großes schwarzes Riechorgan! Und aufdringlich war diese Nase auch. Sie informierte ihn permanent darüber, dass in der Mülltonne leckere Essensreste versteckt waren: abgenagte Hühnerbeine, verdorbener Speck, die Verpackung eines Würstchens und noch mehr essbare Dinge.

Und während ihn der Gedanke ekelte, zog es ihn gleichzeitig in die Richtung, er streckte den Hals und seine Nase zuckte. Sie zuckte doch tatsächlich!

Warte nur. Wenn ich den erwische, der mir das angetan hat!

Perry schnaufte.

Warte nur auf was? Er würde es einem mächtigen Zauberer wohl kaum zurückgeben können.

Überhaupt wieder menschliche Gestalt zu erlangen und dazu seine bescheidenen magischen Kräfte, das sollte ihm genügen. Und je länger er ein Hund war, desto eher würde er bereit sein, dafür einiges zu geben.

Perry wollte sich nach Verfolgern aus dem Tierheim umsehen und merkte dann erst, dass er an der Mülltonne hochsprang. Ja, war denn das zu glauben?

Sein Magen knurrte kaum leiser als eine ganze Meute angriffslustiger Rottweiler.

Nein, Perry. Du wirst keinen Müll fressen!

Im nächsten Augenblick kippte die Tonne, der Inhalt ergoss sich über den Gehweg und Perry begann, Mayonnaise aus einer Tüte zu schlecken, in der Pommes gewesen waren.

Schockiert über sich selbst hielt er kurz inne, nur um sich dann mit noch mehr Eile über diese wunderbar cremige, fettige und salzige Soße herzumachen. Dann fand er die Hühnerbeine.

Man gab Hunden keine. Warum wusste er gerade nicht und es war ihm egal. Seine Zähne zermalmten einen Knorpel, dann kam plötzlich eine Frau aus dem Haus, brüllte auf ihn ein, trat nach ihm und er nahm Reißaus. Die Leine schleifte hinter ihm her.

Immerhin war er nicht bis zu dem eindeutig ranzigen Speck gekommen. Am Ende hätte er sogar den verschlungen.

Was für eine fürchterliche Situation!

Und jetzt hatte er Durst.

Vorsichtig schlappte er an der nächsten Pfütze und fand, dass dieses Wasser nach Abgasen und Öl schmeckte.

Er schüttelte sich.

Als er aufsah, bemerkte er etwas, das ihm bekannt vorkam: ein Pfosten, dem jemand einen Schal gestrickt hatte. Ganz in der Nähe war ein Wollgeschäft und jemand machte sich den Spaß, hier immer wieder einen dünnen Schal um den Pfosten zu schlingen. Der war sogar schon als Foto in der Zeitung gewesen, den *Ipswich Local News*.

Und in der Nähe dieses Pfostens befand sich der Rauchsalon, ein alter Treffpunkt eines magischen Ordens, heute heruntergekommen und von nur einem Mann bewohnt: dem Magier Hakon. Er kümmerte sich dort um eine der wertvollsten magischen Bibliotheken des Landes, kaum mehr als ein Zimmer voller Bücher – aber was für Bücher! Das meiste, was in den letzten achthundert Jahren über Magie geschrieben worden war, stand dort in den Regalen.

Perry leckte sich Mayonnaise von der Nase.

War das eine Idee? Dort vorbeizuschauen?

Vielleicht konnte Hakon ihm helfen. Er war zwar kein großer Zauberer, aber dafür hatte er eine Büchersammlung, in der sich doch etwas befinden musste, um Verwandlungen rückgängig zu machen.

Perry schnupperte, um sich zu orientieren.

Dann sah er die Katze.

Kratzbürste

Es war eine grazile, sehr hübsche und vollkommen weiße Katze, die widerstreitende Gefühle in ihm weckte.

Als Perry der Magier fand er sie hübsch, als Perry der Hund stieg ihm bei ihrem Anblick ein Grollen in die Kehle.

Sie schien ängstlich, wenn nicht sogar panisch. Er roch das. Und da war noch etwas anderes.

Er beleckte seine Nase und beobachtete das schlanke, weiße Wesen, das an den Autos entlangschlich, offenbar auf Ärger gefasst.

Der Geruch stimmte nicht.

Und dieses zwar furchtsame aber dabei doch irgendwie elegante Kätzchen erinnerte ihn an jemanden.

Wie konnte eine Katze ihn an jemanden erinnern? Er kannte wenige Katzen. Er selbst zog Hunde vor. Und er hatte niemanden in der Bekanntschaft, der eine weiße Katze besaß. Da war er ganz sicher.

Während er sie beobachtete, musste er an eine elegante, weißblonde Frau denken. Isabel Bowles. Ja, die hochnäsige, aber hübsche und magisch sehr befähigte Isabel Bowles.

Wie kam er denn jetzt darauf?

Die Katze entdeckte ihn, bekam große Augen und wollte davonrennen. Perry reagierte instinktiv.

Er packte sie im Genick.

Dann kam es ihm grob vor, der Druck seiner Kiefer lockerte sich und die zierliche weiße Katze konnte sich freistrampeln.

Ehe Perry noch einmal zupacken konnte, hatte sie sich unter das nächste Auto geflüchtet.

Perry tat, was ihm seine Instinkte eingaben: Er umtanzte den Wagen und kläffte. Die Katze kauerte sich zusammen und drehte sich bei jeder Umrundung des Autos mit.

Dann war kurz eine ärgerliche Männerstimme zu hören und etwas traf Perry unerwartet in den Allerwertesten. Jemand hatte ihn getreten.

Schockiert gab Perry ein verspätetes Quieken von sich und rannte davon. Wer, um Himmels Willen, trat denn einen süßen kleinen Hund?

Es gelang ihm erst nach einigen Minuten, seine doch etwas kopflose Flucht abzubrechen. Jetzt hatte er diese irritierend vertraut erscheinende Katze aus den Augen verloren.

Das ließ sich nicht ändern. Also zurück zum ursprünglichen Plan und auf zum Rauchsalon!

Inzwischen knurrte ihm schon wieder der Magen, denn ein bisschen Mayonnaise und ein paar Hühnerbeinknorpel machten auch einen noch so kleinen Hund nicht satt.

Perry ertappte sich selbst dabei, an jedem Papierkorb zu schnuppern und unter den Füßen von Wartenden an Bushaltestellen herumzusuchen, statt zu seinem eigentlichen Ziel zu laufen. Er schmeckte Kekskrümel und Dreck und mahnte sich erneut zu Selbstbeherrschung.

Nur war der Hunger nagend und lenkte ihn ab.

Als jemand mit einer Tüte noch warmer, duftender Scones an ihm vorbeiging, jaulte er.

Das erweichte den Mann jedoch nicht, der seine Scones einfach davontrug. Als plötzlich ein glänzend glasierter Donut genau auf seiner Augenhöhe erschien, fasste Perry zu.

Das führte zu einem Aufschrei und dann zu herzzerreißendem Geplärr. Da hatte er doch tatsächlich einem Kleinkind das Gebäck aus der Hand gezogen! Das war ihm selber peinlich. Er kaute kurz, schluckte und ergriff die Flucht, knapp, bevor ihn die Einkaufstasche der wütenden Mutter genau auf die Nase getroffen hätte.

So etwas durfte nicht mehr vorkommen. Ein erwachsener Mann konnte doch kein Kleinkind bestehlen! Perry schämte sich und leckte dabei klebrige Glasur von seiner Schnauze.

Rauchsalon, Perry. Rauchsalon!

Du musst dich konzentrieren.

Die vielen Gerüche machten es ihm nicht leichter.

Müll, Essensreste, verschwitzte Füße in ungewaschenen Socken, andere Hunde, der Abrieb von Autoreifen, ein naher Supermarkt mit Lebensmitteln aller Art, eine Bäckerei ... oh, was für eine wundervolle Bäckerei!

Perry schloss ganz fest die Schnauze und marschierte in die entgegengesetzte Richtung davon. Daher dauerte es auch, ehe er auf Umwegen endlich zum Rauchsalon gelangte.

Seine Nase sagte ihm, dass die Katze hier war! Sie hatte das Gebäude betreten!

Perry bellte. Er sah zu den Fenstern hinauf, die alle geschlossen waren. Dann bellte er wieder. Und wieder.

Eins der Fenster im oberen Stock wurde aufgerissen.

Perry bekam einen Schwall Magie ins Gesicht. So etwas wie einen Klaps. Perry schüttelte sich.

Und oben am Fenster stand Nexus.

Perry kannte ihn. Nexus galt als einer der dunkleren Zauberer hier in Ipswich und gab sich außerdem oft mürrisch und unzugänglich. Trotzdem war Perry immer gut mit ihm ausgekommen. Und jetzt verhexte er ihn?

Der Schmerz verging fast sofort wieder und Perry überlegte sich, dass es klug war, nun doch einen Zauberer auf sich aufmerksam zu machen, mächtig oder auch nicht – er brauchte Hilfe.

Also nahm er sein Gebell wieder auf.

Dann hörte er drinnen jemanden etwas brüllen. Kurz darauf kam Hakon aus dem Haus. Erleichtert rannte Perry auf ihn zu.

Kläffend umsprang er ihn.

Wau-wau-wauwauwau.

„Halt die Schnauze!“, befahl Hakon. „Sonst werd ich deinetwegen noch Geld los!“

Er betrachtete die struppige Hundegestalt, löste dann das Halsband und sagte: „Lauf, hau ab, kusch!“

Und als Perry sich weiter bemühte, sich irgendwie verständlich zu machen, sich für das Lösen der Leine zu bedanken und um Hilfe zu bitten, schnippte er mit den Fingern. Es gab einen Sprühregen aus Funken, stinkender Qualm stieg auf und Perry ergriff die Flucht, ehe er auch nur die Chance hatte, nachzudenken. Sein Instinkt sorgte dafür, dass er sich in Sicherheit brachte.

Erst drei Minuten später konnte er unter der Bank an einer

Bushaltestelle Zuflucht suchen und hechelte dort vor sich hin. So, jetzt wusste er nicht einmal, wo er war.

Immerhin war er die Leine los.

Ein Hundeleben ist hart

Perry beschloss, dass es sinnlos war, nur herumzusitzen. Überhaupt fiel es ihm als Hund unerwartet schwer, ruhig an einem Fleck zu bleiben. Also stromerte er in Ipswich herum, vermied aber die Gegend, in der er das Tierheim vermutete. Bald kam er in Straßen, in denen er ganz deutlich das nahe Meer riechen konnte.

Und da entdeckte er plötzlich Nexus.

Was für ein Glück!

Er stürmte auf ihn zu. Vielleicht würde Nexus jetzt begreifen, dass er Perry war, sein Freund Perry, der Alchemist!

Nexus sah aus wie immer, dunkel gekleidet und ein wenig misslaunig.

Erstaunlicherweise roch Perry auch die Katze. Eine mollige Frau mit Tweedrock trug sie in einem Transportbehälter. Und er kannte auch sie, wenn auch nicht sehr gut. Sie war eine Hexe. Der Name, der Name war... Mirabella? Nein, Miranda!

Wie wunderbar, gleich zwei Magiekundige zu treffen. Das musste ja jetzt dazu führen, dass er Hilfe bekam. Er umtanzte beide, kläffte, und Miranda beugte sich zu ihm herab.

„Na, kleiner Freund“, sagte sie. „Was ist denn so aufregend, dass du so laut bellen musst?“

Perry hätte es ihr gerne gesagt. Er versuchte es ja auch. Aber mehr als wau-wau kam dabei nicht heraus. Das war extrem frustrierend und ließ ihn noch unruhiger werden.

Nexus tastete plötzlich an Perrys Hals herum. Vielleicht suchte er einen Namensanhänger.

„Du“, sagte er zu Miranda. „Könnte es sein, dass irgendein Zauberer Tiere aussendet? Diesen Hund habe ich heute schon gesehen. Vor Hakons Haus. Und du hast eine nasse Katze aufgesammelt ...“

Perry winselte. Hatte er doch gewusst, dass etwas an der Katze nicht stimmte. War sie am Ende tatsächlich auch eine verwandelte Hexe? Am Ende sogar die Großhexe Isabel Bowles?

„Bist du geschickt, um uns irgendwohin zu führen?“, fragte Miranda und strich ihm über den Kopf.

Perry japste. Er war ungeheuer erleichtert. Endlich ging es voran. Er lief ein Stück, vergewisserte sich ... ja, sie folgten ihm. Sie folgten ihm!

Es kostete ihn sehr viel Selbstkontrolle, immer wieder auf die langsamen Menschen zu warten. Aber schließlich standen sie vor seiner Haustür.

Er war daheim. Nexus würde ihm die Wohnung aufhexen ...

Nexus stand merklich überrascht vor dem Klingelschild und sagte: „Sonderbar. Genau den Perry Cole, der hier wohnt, den wollte ich bitten, mit uns nach den verschwundenen Hexen und Zauberern zu suchen.“ Nexus klingelte und klingelte nochmal.

Perry kratzte an der Tür. Ihm ging das alles viel zu langsam. Plötzlich wurde die Haustür geöffnet und sein Nachbar öffnete. Perry wedelte sofort.

Doch der Mann verhielt sich sehr unfreundlich. Nicht nur weigerte er sich, sie hereinzulassen, nein, er sagte klar, dass er Perry nicht hierhaben wollte.

Perry winselte.

Dann lauschte er. Sein Nachbar erzählte von seinem Verschwinden. Nexus und Miranda schienen wie elektrisiert. Sie stellten Fragen und es wurde erwähnt, dass er seit dem Dreizehnten vermisst wurde.

Doch sie gingen nicht ins Haus.

Weshalb bloß nicht?

Ah, der Nachbar ließ sie einfach nicht und sie kamen nicht an ihm vorbei.

„War denn am Vortag des dreizehnten irgendein Besuch da?“, erkundigte sich Nexus, der absolut auf der richtigen Spur war.

„Nein, das hätten wir gehört. Und jetzt muss ich nach oben. Meine Frau hat gekocht. Bitte nehmen Sie den Hund wieder mit. Er hat hier nichts verloren.“

Nichts verloren? In dem Haus, in dem er lebte?

Perry setzte sich auf sein Hinterteil und fing an, jämmerlich zu heulen.

Als Nexus und Miranda dann umkehrten und fortgingen, eilte er ihnen nach. Wenn sie schon nicht verstanden, dass er Perry war, so wollte er doch lieber bei ihnen sein, als alleine herumzustreifen. Früher hatte er nie Probleme damit gehabt, alleine zu sein. Aber Hunde waren wohl nicht dafür geschaffen.

Erst war Perry zu aufgeregt, dann ging ihm auf, dass Nexus

und Miranda sich weiter über sein Verschwinden unterhielten. Und darüber, wie es wohl dazu gekommen war.

Zwischendurch hörte er Isabel in ihrem Korb seufzen.

Die Ärmste. Wenn sie wirklich Isabel war, wie übel musste sie sich fühlen. Perry wedelte sie an, doch sie fauchte.

Miranda sagte gerade etwas über Frottieren und Bürsten.

Offenbar hatten sie die Theorie, dass Tiere das Verschwinden verursachten. Nicht, dass die Tiere die Verschwundenen *waren.* Ärgerlich.

Aber immerhin kümmerten sie sich um diese geheimnisvolle Sache. Das war ein Lichtblick, für den er gar nicht dankbar genug sein konnte. Früher oder später würden sie darauf kommen, was wirklich passiert war und dann ...

Miranda packte einen Spanngurt aus und reichte ihn Nexus.

„Damit kannst du ein Halsband improvisieren."

Nexus wehrte ab.

„Ich will das Vieh aber nicht! Dann verschwinde ich am Ende auch noch."

Miranda sah mitfühlend auf Perry herab.

„Wir können ihn nicht einfach herumlaufen lassen. Er könnte überfahren werden. Wegen mir bringst du ihn ins Tierheim zurück ..."

Mehr musste er nicht hören. Seine Pfoten reagierten, ehe sein Kopf den Entschluss gefasst hatte.

Perry rannte.

Damit verlor er den Anschluss, den er gerade gefunden hatte.

Aber er würde nie, nie, nie wieder in dieses Tierheim zurückkehren!

Er lief und lief. Dann stieß er gegen harte Beine in dunklen Uniformhosen. Eine Hand griff in seinen Nacken.

„Schau mal, Britt! Es hieß doch, jemand habe einen Hund gemeldet, der aus dem Tierheim Nord ausgebüchst ist. Könnte es dieser hier sein?“

Hexentanzplatz

Die Hexe und Wollhändlerin Janet Somerleyton hatte das Haus vor drei Tagen verlassen und sich seitdem bei niemandem mehr gemeldet. Das entsprach exakt dem Plan, den sie gefasst hatte. Ihrem Lebensgefährten Fibald musste sie nicht erst erklären, dass sie in wichtigen Angelegenheiten unterwegs war. Er konnte ja zwei und zwei zusammenzählen. Anders stand es da vermutlich um ihren Sohn Nexus, der ihr immer schon Sorgen bereitet hatte, weil er einfach eher zum Zaubern als zum Hexen tendierte und entsprechend störrisch, einfallslos und viel zu besorgt war.

Aber er musste lernen, dass sie von ihm als knapp vierzigjährigem Mann eine gewisse magische und emotionale Selbstständigkeit erwarten konnte.

Janet seufzte, während sie sich einen Weg durch dichtes Gestrüpp bahnte. Nexus besaß gute Anlagen und hinreichend Begabung. Er hatte sogar von sich aus die Idee entwickelt, dem Verschwinden der bedeutenden Hexen und Zauberer nachzugehen. Doch manchmal war das väterliche Blut nur allzu merklich und dann fiel es ihr schwer, Geduld mit ihm zu haben. Nun, möglicherweise würde er bis zu ihrer Rückkehr ja eigene Ergebnisse vorzuweisen haben.

Janet würde darauf jedoch nicht warten. Sie hatte ihre eigenen Beziehungen und würde sie nutzen, um den Ereignissen der letzten Zeit nachzugehen. Und vor allem den Verursachern.

Was die ganze Sache nämlich so beunruhigend machte, war die Befürchtung, dass eine bisher unbekannte Organisation hinter dem Verschwinden von Magiekundigen steckte. Anders ließ es sich schwerlich erklären, dass dieses Verschwinden fast weltweit aufgetreten war. Es hatte hochentwickelte Hexen und Zauberer betroffen und einige wenige mittelmäßige. Also war die Aktion darauf ausgerichtet, Leute auszuschalten, die irgendeinem Plan in den Weg treten konnten.

Deswegen hatte man sie zuerst beseitigt oder jedenfalls handlungsunfähig gemacht.

Doch was sollte als nächstes passieren? Wofür wurde der Weg freigeräumt?

Meist ging es ja um Macht, wenn überdurchschnittlich fähige Magiekundige mit dunklen Praktiken an den Tag traten.

Aus gutem Grund schätzte die magische Welt solche Bemühungen jedoch nicht. Zahlreiche Großhexen und Großmeister, so zerstritten sie sonst oft waren, zogen an einem Strang, wenn solch ein selbsternannter Oberschurke auftauchte. Oder eine Oberschurkin. Und gemeinsam gelang es dann unweigerlich, die Gefahr abzuwenden.

Doch dieses Mal waren eben jene Großhexen und Großmeister fast alle verschwunden und konnten nicht eingreifen.

Janet zog sich ihre Kapuze über den Kopf und drückte sich rückwärts in ein Dickicht aus Brombeerbüschen, die jetzt, im Winter, allesamt noch stachliger erschienen als ohnehin schon.

Nach geduldigem Vorwärtsschieben gelangte sie dann auf eine Wiese, die sich zwischen dem Gesträuch verbarg: einen

Hexentanzplatz, den es hier schon seit dem Mittelalter gab. Unentdeckt von Unwissenden, wurde er von den lokalen Zauberkundigen gepflegt und diente auch als Treffpunkt zwischen den Hexen von Ipswich und jenen von Colchester. Janet hatte eigens diese Route gewählt, weil sie so über Chelmsford und Brentwood weiter nach London reisen konnte, ohne dabei die traditionellen Hexenwege zu verlassen.

Und jetzt stand sie keine fünf Minuten auf der winterlichen Wiese, als durch denselben Durchgang Edward auftauchte, ein Mittfünfziger, der wohl keine Zeit gehabt hatte, seinen Arztkittel abzulegen, ehe er herkam. Weiß und sauber sah das Kleidungsstück unter der langen Jacke hervor und auch die weißen Sneaker wiesen auf Edwards Beruf hin.

„Hi“, sagte er. „Gegrüßt seist du, Janet. Aber du kommst ungünstig. Wir haben hier gerade eine Häufung von Masernerkrankungen und ich kann nicht lange bleiben.“

„Ich bin nur auf der Durchreise und wollte mich erkundigen, was ihr zu den aktuellen Vorfällen wisst.“

Er nickte sofort.

Natürlich.

Alle beschäftigte zurzeit nur eins.

„Wir wissen wenig“, sagte er. „Aber Maxie, die mächtigste Hexe der Gegend ist fort. Und eine Junghexe, die bei ihr in die Lehre ging, verschwand mit ihr.“

„Beobachtungen, Erkenntnisse?“, fragte Janet knapp.

Edward zuckte die Achseln.

„Beobachtet hat niemand etwas. Ich habe das Cottage, in

dem sie lebt, am folgenden Tag aufgesucht. Dort stand das Frühstück noch auf dem Tisch. Es gab keine Reisevorbereitungen, nichts schien zu fehlen. Sie hatte niemandem Bescheid gegeben, auch nicht den Eltern der Junghexe. Entsprechend nervös sind hier alle, denn natürlich geht die Polizei dem Verschwinden einer Sechzehnjährigen nach und es werden unliebsame Fragen gestellt."

„Gab es irgendetwas Auffälliges, etwas, das plötzlich auftauchte, einen sonderbaren Geruch, einen Gegenstand?"

Edward antwortete nicht sofort. Er schien sich alles ins Gedächtnis zu rufen.

„Nein, ich habe natürlich auf Objekte geachtet, die womöglich Magie übertragen haben könnten. Mir ist da nichts aufgefallen. Das einzig Kuriose überhaupt waren zwei Hühner, die am selben Tag dem Bauern weiter unten an der Straße zugelaufen sind und die keinem Nachbarn gehören. Zwei braune Hennen. Ich habe sie daraufhin geprüft, ob sie vielleicht getarnte Elementarwesen sein könnten, aber da war nichts festzustellen. Sie pickten mit den anderen Hühnern, scharrten und gackerten. Darüber hinaus gab es absolut nichts, das uns einen Hinweis auf den Verbleib der zwei Hexen geben könnte."

„Jemand verwischt seine Spuren sehr gekonnt", sinnierte Janet. „Jemand, der Werke der großen Magie wirken kann", ergänzte Edward. „Ja, das macht allen hier Angst. Richtet es sich gegen uns Hexen? Steckt irgendeine kirchliche Gruppe dahinter?"

„Unsinn", erwiderte Janet. „Das, was wir gerade erleben, ist zutiefst magisch. Dessen bin ich mir sicher. Es sind keine Gegner von außen, Ed. Diese Bedrohung kommt aus den eigenen Reihen. Deswegen werde ich mich nach London begeben und dort so viele Informationen sammeln, wie nur möglich. Und ich werde versuchen, Mitstreiter zu gewinnen."

„Dann viel Erfolg. Wir sind bereit, uns Gegenmaßnahmen anzuschließen, wenn die Schuldigen ausfindig gemacht wurden und ein Kampf nötig wird." Er knöpfte seine Jacke bis oben hin zu. „Auch wenn wir hier ja inzwischen keine wirklich mächtigen Magiekundigen mehr aufzubieten haben."

Zauberhafte Nacht

Perry erwachte, weil er eine bekannte Stimme hörte.

Oh, bei allen guten Geistern! Das war Nexus!

Perry sprang auf.

Ja, das war er. Und bei ihm war Miranda. Und noch jemand. Ein Mann, der weithin nach Honig roch.

Sie gingen mit einer der Tierheimbetreiberinnen ins Büro. Oh, welch ein Glück. Sie würden ihn adoptieren, Papiere unterschreiben und ihn dann mitnehmen.

Er war so gut wie frei!

Doch dann wurden die Stimmen ungehalten. Dann aggressiv. Perry verstand nicht alles, nur, dass Nexus wütend war und der Mann mit dem Honigduft noch wütender.

Es gab eine Meinungsverschiedenheit. Weshalb nur?

Perry winselte, dann kläffte er.

Hier bin ich! Holt mich hier raus!

Miranda stürmte auch auf ihn zu. Er bellte aufgeregt.

Doch dann gab es wieder Streit. Offenbar wollte man ihn den dreien nicht mitgeben.

Miranda sah noch einmal zu ihm, Nexus ebenfalls. Dann marschierten sie davon. Die Gittertür am Eingang wurde ins Schloss geknallt, dass es nur so schepperte.

Und Perry war wieder allein.

Er klagte noch eine Weile. Doch dann gab er auf.

Er verlor damit jede Hoffnung, jemals wieder aus diesem Gefängnis herauszukommen. Er hörte auf zu jaulen, legte sich auf den nackten Betonboden und wollte weder essen noch ausgeführt werden. Aber natürlich wurden ihm Halsband und Leine angelegt und als er nicht mitgehen wollte, zog und schob die junge Frau an ihm herum und trug ihn schließlich bis zur nächsten Grünanlage.

Deprimiert erleichterte er sich dann doch, aber damit war seine emotionale Energie auch schon verbraucht. Er lief zurück, kauerte sich in das Gelass und blies Trübsal.

Dabei passte das gar nicht zu ihm.

Er war eigentlich ein praktisch denkender Alchemist, der weder besonders fröhlich noch besonders traurig durch den Alltag ging. Am meisten Freude hatte er immer empfunden, wenn er ein neues, wirklich wirksames Rezept entdeckt hatte. Oder wenn es ihm gelungen war, es buchstabengetreu umzusetzen, sodass ein guter, brauchbarer Trank dabei herausgekommen war, beziehungsweise eine Salbe oder ein Tee.

Doch die Kontrolle über sein Leben verloren zu haben, das ließ ihn in die Düsternis der Seele hinabtauchen, wie viele sie nach traumatischen Ereignissen erleben.

Er runzelte die Stirn und ihm fielen die langen dunklen Haare in die Augen.

Gegen depressive Verstimmung und nach einem Schock halfen Elixiere. Es gab welche, um die Lebenskraft wiederherzustellen, ein Lächeln hervorzuzaubern oder doch immerhin alles positiver zu sehen.

Perry setzte sich auf.

An seine magische Kunst zu denken, half ihm, doch wieder ein bisschen Hoffnung zu schöpfen. Zwar kam er hier nicht an Zutaten heran, aber er konnte immerhin versuchen, über Elixiere nachzudenken. Es gab harmlose und eher alltägliche, aber auch mächtige Essenzen und Perry hatte durchaus Erfahrung darin, einige davon zuzubereiten.

Um sich besser zu fühlen, kam Melisse zum Einsatz oder Baldrian, Johanniskraut ... In seinem etwas wuschigen Hundehirn entstand plötzlich eine kühle, klare Überlegung.

Er musste noch einmal fliehen, wie er schon einmal geflohen war.

Und dann galt es, an seine Zutaten heranzukommen, an Bücher und an Kochutensilien. Es musste doch gelingen, wenigstens die Hundenatur so weit zurückzudrängen, dass er wieder vernünftig denken und planen konnte. Dann fand sich auch irgendein Rezept, um ihn zurückzuverwandeln.

Perry begann, auf und abzulaufen und ignorierte zum ersten Mal das Gekläffe, das daraufhin sofort einsetzte. Was er jetzt brauchte, war Ehrenpreis. Und dazu Verbene.

Beide waren imstande, das Denkvermögen zu verbessern und das schnell, anders als beispielsweise Ginko, den man dafür lange Zeit einnehmen musste. Verbenentee vermochte es, einem einen wahren IQ-Schub zu geben und noch besser war natürlich eine Zubereitung aus etwas gekochtem Zitronensaft, dem stark konzentriertem Sud beider Kräuter, etwas Kandiszucker oder Honig und einer Prise Rosmarin oder frisch geriebenen Kurkuma. Indischer Wassernabel konnte ebenfalls helfen. Oder das chinesische Kraut der Unsterblichkeit: Jiaogulan.

Hm. An das alles kam er hier nicht heran. Aber Ehrenpreis hatte er bei seinen Gassi-Runden in einer städtischen Anpflanzung gesehen. Lohnte es sich, einfach etwas davon zu kauen und den Saft zu schlucken? Das Kraut war jetzt im Winter garantiert zäh. Er befühlte mit der Zunge die Spitzen seiner Zähne. Die waren durchaus eindrucksvoll und würden jedes Kraut mühelos zerkleinern.

Weiteres Nachdenken brachte ihm in Erinnerung, dass schon eine Tasse grüner Tee genügen konnte, um für eine halbe Stunde geistig wacher und aufmerksamer zu werden.

Und grünen Tee hatten die Frauen in ihrem Büro. Das hatte er gerochen.

Im Nu wich seine Verzweiflung dem Pläneschmieden. Nur waren diese Pläne ebenso waghalsig wie unrealistisch.

Perry ließ sich auf der schmutzigen Decke nieder. Seine Gedanken bestanden immer noch überwiegend aus Gerüchen und Bildern und weniger aus Sätzen. Aber nun kam ihm seine berufliche Erfahrung zugute. Er konnte sich Rezepte auch als Abläufe vorstellen, er musste sie nicht aufsagen können.

Der Tee geisterte in seinen Gedanken herum.

Nur wie kam er ins Büro?

Am besten, indem er eine Verletzung vortäuschte.

Er sah die blutende Pfote vor sich. Dann den mitleidigen Blick der jungen Frau. Dann das Büro, in das er bisher zweimal gebracht worden war. Dort stand ein Wasserkocher und daneben ein flacher Korb, der vermutlich Teebeutel enthielt. Von unten her hatte er nur den Geruch wahrgenommen. Früchte, grüner Tee und schwarzer Tee mit künstlichen Aromen.

Er konnte den Korb herabwerfen, sich einen Teebeutel schnappen und ihn verschlucken.

Wenn er Pech hatte, bekam er so die Krampe aus Metall in den Bauch und brauchte dann wirklich einen Tierarzt. Keine so gute Idee. Darauf herumkauen? Besser war es vermutlich, eine Tasse umzuwerfen und den Inhalt aufzuschlabbern ...

Wild entschlossen, endlich etwas an seinem elenden Zustand zu ändern, wartete er, bis eine der drei Frauen den Gang entlangkam, ließ sich dann theatralisch seitlich zu Boden kippen und begann ganz jämmerlich zu fiepen.

Sie wollte vorbeigehen, sah ihn wohl zucken und kam die paar Schritte zurück. Zunächst sah sie nur durch das Gitter, dann rief sie eine ihrer beiden Kolleginnen. Perry überlegte, dass sein Zucken vielleicht an Tollwut denken ließ, beschränkte sich aufs Fiepen und leckte sehr betont seine rechte Vorderpfote.

Daraufhin wurde aufgeschlossen und sie begutachteten ihn. Perry wedelte schwach.

Die Blondere hob ihn hoch und trug ihn ins Büro.

Ha! Sieg!

Es stand sogar wirklich eine Tasse Tee oben auf der Ablage, allerdings nutzloser Früchtetee. Perry wurde auf einen Stahltisch gesetzt und seine Pfote betrachtet, vorsichtig darauf herumgedrückt und er dachte gerade noch rechtzeitig daran, wieder wehleidig zu fiepen.

Sie redeten von Tierarzt und telefonierten dann. Prima, ein Besuch beim Tierarzt war eine Gelegenheit, zu entkommen.

Nur wie konnte er sich jetzt einen Teebeutel schnappen? Von seinem erhöhten Platz auf dem Tisch aus konnte er sogar welche sehen. Kurz überlegte er, in einem Hechtsprung dort hinzugelangen und sich gewissermaßen selbst zu bedienen. Dann befürchtete er, solch ein Verhalten würde ähnlich wie das Zucken an allzu gefährliche Krankheiten denken lassen. Aber vielleicht brauchte er den Tee nicht. Eine Fahrt zum Tierarzt bot so viele Gelegenheiten ...

Das ließ ihn ganz vergessen, zu humpeln, als er zu Boden gesetzt wurde.

Die zwei Frauen betrachteten ihn.

„Irgendwie wirkt er, als würde er simulieren“, sagte die eine.

„Hunde können doch nicht simulieren!“

„Und ob. Denk doch an den alten Rufus ...“

Perry nagte sofort an der Pfote und sah dann unschuldig zu seinen Gefängniswärterinnen auf.

„Egal, wenn Dr. Cameron morgen früh kommt, soll er nach ihm sehen.“

Wenn Dr. Cameron kommt ...

Also, das war nicht gut. Aber einleuchtend. Natürlich fuhren die ihre Tiere nicht ständig zum Doktor, sondern hatten einen Arzt, der regelmäßig hier vorbeisah. Mist!

Wedelnd, um seine Aufregung zu zeigen, lief er durch den Gang zur Tür, die nach draußen führte.

„Der muss raus.“

„Na schön. Ich gehe kurz mit ihm vor die Tür."

Er ließ sich brav Halsband und Leine anlegen.

„Aber pass auf, Mel! Der ist schon einmal ausgebüchst."

Perry gab sich alle Mühe, brav und kooperativ zu wirken. Leider nahm jene Mel kein Handy zur Hand und war auch nicht unaufmerksam.

Jetzt zaubern können! Dann würde er eine Ablenkung schaffen und entkommen.

Nur konnte er das eben nicht. Perry tat so, als würde er schnüffeln und sofort war er wieder überwältigt von all den Gerüchen.

„Du schonst die Pfote gar nicht mehr", sagte sie zu ihm, wie man eben mit Hunden redete. „Du kleiner Stromer wolltest nur raus und hier jeden einzelnen Laternenpfahl bepieseln. Komm! Mach hin! Ich habe noch im Büro zu tun."

Das war ja ärgerlich. Wie sollte er jetzt wegkommen?

Da half nur rohe Rücksichtslosigkeit!

Perry war mit einem Satz zwischen den Rosen der städtischen Bepflanzung und zerrte so energisch, dass er die junge Frau beinahe hinter sich hergerissen hätte. Doch sie hielt die Leine tapfer fest.

„Du kleiner Mistkerl! Komm sofort da raus!"

Perry stemmte sich ein, robbte tiefer in den Bewuchs und es gelang ihr nicht, ihn herauszuzerren, weil die Leine sich in den Dornen verfing. Also musste sie sich vorbeugen und versuchen, sie aus diesem Gespinst zu lösen.

Das war seine Chance.

Oder auch nicht. Denn er selbst bekam die Leine auch nicht aus dem Dickicht. Dann half ihm die Tatsache, dass sein Halsband mit einem Clip ausgestattet war, nicht mit Öse und Metallstift. Der Druck eines dicken Zweigs auf den Clip ließ das Halsband ganz unvermittelt aufspringen. Perry purzelte tiefer in die Dornen, japste, erkannte, dass er plötzlich frei war, und galoppierte davon, während ihm Mel sehr viele und sehr unhöfliche Wörter nachrief.

Einbruch

„Siehst du Kameras?", murmelte Nexus.

„Glaubst du, ein Tierheim hat Geld für sowas?", fragte Billy.

„Nein, aber falls doch, kommen wir sehr schnell in Teufels Küche."

Miranda hatte bereits den Zauberstab gezogen und tastete die Umgebung auf Elektronik ab.

„Ich glaube, hier ist nichts", sagte sie. „Und ihr solltet euch weniger konspirativ verhalten. Das fällt ja auf eine halbe Meile Abstand auf. Leute mit guten Absichten ducken sich nicht und schleichen nicht an Zäunen entlang."

„Auch wieder wahr." Billy zog die Schachtel heraus, die er offenbar immer dabeihatte, und kurz sah Nexus die Biene, die ins Schloss krabbelte. Dann klackte ein Riegel und Billy zog das Tor auf.

„Bitte sehr."

Er ließ die Biene in ihre Schachtel zurückkehren und schob sie in eine weite Tasche seiner auffälligen gelben Jacke.

Nexus ging an ihm vorbei und bis zu einer weiteren Tür.

Womit keiner der drei gerechnet hatte, war das ungeheure Getöse, das daraufhin einsetzte. Dutzende von Katzen, Frettchen, Kaninchen, Wellensittichen und Hunden hatten bemerkt, dass sie kamen. Und vor allem die Hunde ließen hören, dass sie das aufregend fanden. Dazwischen hörte man das Kreischen einiger Katzen. Und Nexus meinte tatsächlich, da würde auch ein Vogel pfeifen. Ein Nymphensittich vielleicht.

„Na toll! Genau so stellt man sich einen Einbruch vor."

„Weiter", mahnte Miranda. „Wir müssen schnell sein." Sie lief zu dem Gelass, in dem sie Perry mittags gesehen hatte.

Es war leer.

Irritiert starrte sie durch die Stäbe. Eine schmutzfarbene Kunstfelldecke. Ein Napf mit Wasser. Sonst nichts.

„Hier ist er nicht! Schnell! Lasst uns überall nachsehen!"

„Was?", brüllte Nexus. Inzwischen war es so laut, als würde gleich ein Hubschrauber auf dem Dach aufsetzen. Mindestens zwanzig Hunde machten einen Radau, der keinesfalls unbemerkt bleiben konnte.

Miranda machte eine kreisförmige Bewegung mit der Hand und Nexus nickte. Hastig liefen sie von Gehege zu Gehege. Hunde bellten, jaulten oder kreischten sogar, sprangen herum, Gitter schepperten. In manchen Gelassen befanden sich mehrere Hunde, die jetzt so aufgeregt durcheinander quirlten, dass ein kurzer Blick nicht genügte, um sicherzugehen, dass Perry nicht mitten unter ihnen war.

„Vielleicht", brüllte Nexus Miranda ins Ohr, „haben sie ihn woanders hingebracht. Weil sie gemerkt haben, dass wir ihn unbedingt hier herausholen wollen."

Miranda brüllte etwas zurück, das wie *Büro* klang.

Also zog Nexus Billy mit sich und ließ ihn alle Türen im Haupttrakt öffnen.

Perry war hinter keiner davon.

Im Büro war das Getöse etwas leiser, weil die Wände es dämpften, und Billy sagte: „Ich schlage einen schnellen und geordneten Rückzug vor. Denn wenn mich nicht alles täuscht, höre ich da jetzt eine Polizeisirene in all dem Getöse."

„Ja, verdammt! Hol Miranda und wir suchen uns einen anderen Ausgang als ausgerechnet das Haupttor."

Nexus spähte aus dem Fenster.

Ein Wagen mit Blaulicht fuhr auf der Straße hinter dem Tierheim vorbei. Also folgte Nexus Billy in den Gang, um nach weiteren Möglichkeiten Ausschau zu halten, das Areal wieder zu verlassen.

Es gab keine.

„Okay", schrie er. „Durchs Bürofenster! Ich sorge dafür, dass die Laternen ausgehen."

Zu dritt drängten sie wieder ins Büro, Nexus öffnete das Fenster, sah den Polizeiwagen nirgends und nickte Billy zu. Miranda sagte: „Das ist aber ziemlich hoch oder irre ich mich?"

„Ja, es ist hoch. Und wenn ich mich meinerseits nicht irre, hat uns gleich die Polente am Wickel", knurrte Nexus. „Ich wirke einen Pufferzauber. Damit kommst du schon heil nach unten."

Er half Miranda dann auch, durchs Fenster zu klettern und kurz stand sie auf einem sehr schmalen Vorsprung, die Arme um seinen Hals gelegt, um nicht zu stürzen. Das fand er gar nicht so unangenehm. Nur konnte er dem Gefühl nicht weiter nachgehen, denn plötzlich sagte eine eindeutig elektronisch verstärkte Stimme aus der Richtung der Gittertür: „Hier spricht die

Polizei. Dieses Gebäude ist umstellt. Bleiben Sie, wo Sie sind! Leisten Sie keinen Widerstand!"

Die Stimme brabbelte noch mehr, aber Nexus hörte nicht mehr hin.

„Spring", sagte er zu Miranda.

Sie ließ ihn los, nur, um dann rücklings in ein Gebüsch zu stürzen.

„Miranda", rief er. „Bist du in Ordnung?"

Dann blendete sehr hell eine Taschenlampe auf.

Wilde Flucht

Miranda lag in einem Busch, aus dem sie alleine nicht mehr herauskam, weil er federte wie ein dickes altes Federbett. Nur war er weniger bequem. Weit weniger bequem.

Sie würde zahlreiche Kratzer behandeln müssen. Aber dringlicher schien das Problem mit der Polizei. Da plötzlich das Licht einer extrem leistungsstarken Taschenlampe anging, konnten sie erkannt und später festgenommen werden, selbst, wenn es ihnen jetzt gelang, wegzukommen.

Lange konnte sie nicht nachdenken. Sie musste den erstbesten Zauber wirken, der ihr unter diesen Umständen einfiel. Und das war wieder einmal die *Kleine Hagebutte.*

Sofort begann das Licht der Taschenlampe wild herumzutanzen, Leute fluchten, inklusive Nexus, wie sie an der Stimme erkannte. Dann erloschen gleichzeitig alle Lichter in der gesamten Straße, inklusive der Polizeitaschenlampe.

Miranda erschrak, als jemand sie an der Hand fasste.

„Ich bin es“, sagte Billy leise. „Ich habe die Lichter gelöscht. Auf drei levitieren wir dich da raus, okay?“

„Okay“, japste sie.

Dann hob es sie hoch, sie hing mit dem Kopf tiefer als mit dem Körper, wurde gefasst und auf die Beine gestellt.

„Komm!“

„Warte, mir ist schwindlig.“

„Nicht jetzt“, behauptete Nexus. „Wir müssen los!“

„Bleiben Sie sofort stehen!“, befahl jemand, doch klang die Stimme nicht sehr fest.

Nexus schob Miranda vor sich her. Dann fasste er sie an der Hand und begann zu rennen. Miranda keuchte hinter ihm her, stolperte, landete auf den Knien und Nexus zerrte sie hoch.

„Auf, auf!“

Vor ihnen lag eine Straße mit normaler Beleuchtung, doch ehe sie die Einmündung erreichten, löschte Billy auch dort die Lampen.

„Ich sehe nichts“, beklagte sich Miranda.

„Ja, und die Polente auch nicht“, gab Nexus zurück. Dann fasste Billy ihre andere Hand und zu dritt gingen sie weiter. Sich drehende blaue Lichter erloschen ebenfalls, ehe sie die Stelle erreichten, an der zwei Polizeiwagen standen.

„Was ist das denn?“, fragte jemand. „Seit wann geht bei Stromausfall auch das Blaulicht aus?“

„Keine Ahnung! Aber hier ist jemand. Etwas hat mich berührt!“ Das klang panisch.

Nexus zog heftiger an Mirandas Arm.

Dann flammte kurz ein Feuerzeug auf, ein Licht erschien am oberen Ende von etwas, das wie eine Blumenrispe aussah, und Nexus fragte empört: „Spinnst du?“

„Ich teste nur eine Theorie“, erwiderte Billy gelassen.

Eindeutig war es eine der getrockneten Königskerzen, die Miranda bei Runa gekauft und dann an ihre beiden Mitstreiter verteilt hatte. Die ölhaltige Pflanze brannte tatsächlich wie eine Kerze.

Billy hielt sie näher an einen der beiden Polizisten heran, die Miranda jetzt recht gut sehen konnte. Der Polizist jedoch starrte Billy an oder an ihm vorbei, durch ihn hindurch ... genau ließ sich das nicht sagen. Jedenfalls tastete er herum und schien keinen Anhaltspunkt zu finden, wo sich die frechen Einbrecher befanden.

„Was ist so warm? Und riecht so komisch?", fragte der andere.

Nexus lachte unterdrückt.

Dann zerrte er Miranda weiter und Billy leuchtete ihnen mit der Königskerze den Weg. Erst ein gutes Stück weiter sagte er: „Das funktioniert also tatsächlich. Die Königskerze leuchtet uns, aber nicht den anderen."

„Scheint unlogisch", kommentierte das Nexus. „Woher weiß die Pflanze, wer zu uns gehört und wer nicht? Aber klären wir so etwas Magietheoretisches später. Ich knipse jetzt denen da vorn das Licht aus und von dort können wir uns dann wie normale Bürger nach Hause begeben."

Miranda sah an sich herunter.

„Nicht ganz wie normale Bürger."

Er folgte ihrem Blick, sah das Blut an ihren Knien und Händen und schien sekundenlang besorgt, nur um dann schroff zu sagen: „Wird uns schon keiner begegnen. Und zu Hause verpflastern wir das."

Sie liefen mit ihrer brennenden Königskerze nun in der Mitte der Straße und Miranda fand es doch ein klein bisschen lustig, mehrere Polizisten zu treffen, die argwöhnisch um sich starrten, ohne sie zu sehen. Einer schnupperte, vermutlich, weil es zunehmend brenzlig roch.

Dann, endlich, erreichten sie eine Straße ohne Polizisten. Ipswich war ja nicht gerade mit Hundertschaften ausgestattet. Miranda merkte jetzt, dass sie nicht mehr konnte, blieb stehen und keuchte, die Hände auf den Oberschenkeln.

Billy reichte daraufhin die Königskerze an Nexus weiter, holte ein Fläschchen aus einer seiner vielen Taschen und gab es Miranda.

„Nur einen Schluck, bitte! Es ist ein Stärkungsmittel mit Kolanuss, Koffein, dem speziellen Futtersaft für Bienenköniginnen und anderem, das hilft, nochmal alle Kräfte anzuspannen."

Der Trank schmeckte süß und tatsächlich in etwa wie Cola mit Honig, der die Kohlensäure entwichen war. Nach dem kleinen Schluck atmete Miranda tief durch, richtete sich auf und sagte: „Dann mal los! Ich will heim!"

Sie brauchten keine zehn Minuten, um bis zu ihrer Wohnung zu gelangen, aber dort war sie dann endgültig erledigt. Sie überließ es sogar Billy, ihren Kater Mumpitz zu füttern und Isabel zu begrüßen. Doch Isabel kam zu ihr und sah zu ihrem ramponierten Knie auf.

Sie miaute.

„Ja, ich weiß", erwiderte Miranda erschöpft. „Da muss man etwas drauf tun."

Billy kam daraufhin mit Mumpitz auf der Schulter und einem kleinen Notfalltäschchen in der Hand.

„Lass mich das machen. Nexus kümmert sich inzwischen um etwas zu essen.“

Die Idee, dass Nexus in ihrer Küche herumwerkte, hätte Miranda beinahe aufspringen lassen. Aber Billy ließ sich nicht davon abbringen, zuerst das Knie zu verarzten und dann geduldig die zahlreichen Schürfwunden mit Salbe zu bestreichen, die sie sich im Gebüsch zugezogen hatte.

Sie wollte sich dann aufrappeln, und Nexus davon abhalten, in ihren Töpfen und Pfannen herumzukramen, da klingelte es. Sie fuhr unwillkürlich zusammen. Hatte die Polizei sie so schnell gefunden?

Doch Nexus ging unbesorgt zur Wohnungstür, man hörte eine fremde Männerstimme und kurz darauf kam Nexus mit drei Pizzakartons und einen Riesenbecher Cola ins Wohnzimmer.

„Habe mich ums Essen gekümmert“, sagte er und stellte alles neben Miranda ab.

„Du hast um diese Uhrzeit Pizza bekommen?“

Er nickte.

„Ja, bei einer Pizza-Kette bestellt. Die haben bis drei Uhr nachts offen, wie ich zufällig wusste, und da blieb noch gerade Zeit, uns was zu bestellen.“

Halb belustigt, halb empört über dieses Ende aller Esskultur öffnete Miranda einen der Pappdeckel.

Ein Geruch nach Käse und Tomatensoße stieg auf und sie schluckte leer. Nexus brachte noch Besteck und drei Gläser, teilte die Cola fair auf, und dann speisten sie, wie Miranda noch niemals gegessen hatte. Es gab eine Pizza Margherita, eine mit Lauch und Hackfleisch und eine mit Thunfisch. Und so schien auch Isabel ganz zufrieden.

Und dann klingelte es erneut.

Ernste Worte

„Ich gehe“, sagte Nexus, als sei er hier inzwischen daheim.

Diesmal klang die Männerstimme sehr viel bestimmter als die des Pizza-Boten.

„Uh, uh“, machte Billy leise.

Und dann kam Nexus mit Inspektor Andrews ins Wohnzimmer.

„Guten Abend“, sagte Andrews, als sei es vielleicht so gegen acht Uhr und nicht kurz vor halb vier Uhr nachts. Er betrachtete das Schlachtfeld aus Pizzakartons, den von Isabel abgeleckten Margherita-Krusten, leeren Gläsern und etwas verspritzter Tomatensoße, die plötzlich an Blut denken ließ. „So spät noch Hunger?“, fragte er. „Oder ist das Ihr übliches Frühstück?“

„Wir haben uns lange unterhalten und hatten plötzlich noch Appetit“, erklärte Nexus. „Womit können wir Ihnen denn behilflich sein, Inspektor? Sie sind ja auch ungewöhnlich spät unterwegs.“

„Das bringt mein Beruf so mit sich. Und ich wüsste gerne, wo Sie sich denn unterhalten haben.“ Er betonte das Wort *unterhalten*, als sei er sicher, dass sie in Wirklichkeit mit anderen Dingen beschäftigt gewesen waren. Dem Einbrechen in Tierheime beispielsweise.

„Hier, bei mir“, behauptete Miranda. Sie sah auf ihre Hand, die sichtlich verkratzt und mit gelblicher Bienensalbe bestrichen war, und ließ sie auf ihren Schoß sinken.

„So, so“, bemerkte Inspektor Andrews. „Sie waren also nicht zufällig ... spazieren? In der Nähe des North-Ipswich-Tierheims?“

„Mitten in der Nacht?“, fragte Nexus dagegen.

„Vielleicht nachts, vielleicht spät abends. Denken Sie nochmal darüber nach. Haben Sie die Wohnung zeitweise verlassen?“

Miranda wollte gerade *nein* sagen, da fuhr Nexus dazwischen: „Natürlich. Ich rauche. Und Sie müssen nicht glauben, dass mich diese Frau hier in ihrer Wohnung eine Zigarette anstecken lässt. Also sind wir zwei oder dreimal unten gewesen und ein bisschen auf und abgelaufen. Wie oft war es, Billy?“

„Dreimal“, erwiderte Billy prompt. „Ich erinnere mich, dass Miranda erwähnt hat, dass du weniger rauchen solltest.“

Der Inspektor betrachtete sie alle drei, als würde er sie für besonders renitente Lügner halten.

„Haben Sie vielleicht Zeugen dafür, wo Sie sich aufgehalten haben?“

„Nein“, knurrte Nexus. „Weshalb fragen Sie? Ist wieder irgendwer tot hinterm Sofa gefunden worden?“

Inspektor Andrews wandte sich ihm zu.

„Würde Sie das überraschen?“

„Nein“, sagte Nexus. „Wenn man Krimiserien guckt, kommt man zwangsläufig zu dem Schluss, dass die Leute wie die Fliegen sterben. Oft durch Mord.“

„Denken Sie denn da an jemand bestimmten?“, hakte der Inspektor nach.

„Ja, Inspektor Morse, McDonald and Dodds, Sherlock Holmes ...“

Der Inspektor räusperte sich.

„Ich meinte nicht Serien, sondern bestimmte Personen. Reale Personen. Rechnen Sie mit dem Ableben konkreter, Ihnen bekannter Menschen? In Ipswich?“

„Sie meinen doch nicht wirklich, dass es einen weiteren Todesfall gegeben hat?“, fragte Miranda.

„Ich erkundige mich nach Ihrem Aufenthaltsort bzw. Aufenthaltsorten und Ihren Tätigkeiten in den letzten drei bis vier Stunden.“

Langsam klang der Inspektor so, als würde ihm gleich der Geduldsfaden reißen.

„Nun, das haben wir doch gesagt“, entgegnete Nexus patzig. „Was möchten Sie denn noch von uns hören?“

„Die Wahrheit. Was würden Sie sagen, wenn jemand Sie vor zwei Stunden weit weg von dieser Wohnung hier gesehen hätte?“

„Dass sich diese Person irrt“, sagte Billy.

Der Inspektor ließ seinen Blick an Billys farbenfrohem Strickpullover und der rosenroten Hose auf- und abgleiten.

„Sie waren jüngst im Tierheim im Norden der Stadt?“, fragte er.

Billy nickte.

„Ich wollte einen Hund oder eine Katze adoptieren. Aber man nahm Anstoß an meiner Hautfarbe und fabulierte über mein Privatleben und meine Hobbys.“

„Und da beschlossen Sie, stattdessen einen Hund zu stehlen?“, fragte Inspektor Andrews.

Nexus warf ihm einen misslaunigen Blick zu.

„Untersuchen Sie geleichzeitig Mordfälle und Diebstähle von Haustieren?“, fragte er. „Da sollte der Steuerzahler eindeutig mehr Geld für die personelle Ausstattung mit Polizeibeamten springen lassen!“

„Beantworten Sie freundlicherweise meine Frage“, sagte Andrews zu Billy, ohne auf Nexus einzugehen.

Billy sah gelassen zu ihm auf.

„Ich beschloss nicht, stattdessen einen Hund zu stehlen. Weshalb fragen Sie mich das? Hat mich jemand beschuldigt? Gesehen? Gehört, wie ich so etwas mit irgendwem diskutierte?“

Inspektor Andrews rieb sich den Augenwinkel wie jemand, der sehr müde ist, aber gezwungen, weiterzumachen.

„Ich untersuche einen Todesfall. Und im Rahmen dieser Untersuchungen ...“

„Geht es auch um Hunde und Tierheime?“, fragte Nexus.

„Im Rahmen dieser Untersuchungen behalte ich Leute im Auge, die ... auffallen“, korrigierte Andrews. „Und nun störe ich nicht weiter. Ich möchte Ihnen nur raten, ab jetzt einzukalkulieren, dass die Polizei in dieser Stadt nicht schläft.“

„Sollte sie aber vielleicht“, knurrte Nexus. „Denn übernächtigte Leute machen leicht Fehler. Und es soll auch nicht gut für die Gesundheit sein. Darf ich Sie zur Tür bringen, Inspektor?“

„Danke“, erwiderte der Polizeibeamte. „Aber ich beginne, mich hier recht gut auszukennen.“

Hunger

Entkommen war er.

Die Nacht über war er herumgelaufen, hauptsächlich froh, wieder frei zu sein.

Aber wo sollte er Unterschlupf finden? Wer würde ihm helfen? Es blieb ihm gar nichts anderes übrig, als es ein weiteres Mal mit Miranda Valentine und Nexus zu probieren.

Oder er postierte sich vor dem Rauchsalon und versuchte, weniger zu bellen. Denn dort kamen regelmäßig Magiekundige hin und vielleicht würde einer von ihnen Perrys missliche Lage endlich erkennen und verstehen.

Doch inzwischen war der Hunger so drängend, dass er kaum mehr wusste, wohin mit sich. Ein frecher Überfall auf einen Supermarkt wäre jetzt genau das richtige gewesen. Leider fehlte es ihm an Wagemut und er fand Gesetzesübertretungen auch nicht akzeptabel. Auf einmal schien ganz Ipswich aus viel zu winzigen Krümeln leckerer Dinge zu bestehen, aus vollen Mülltonnen, geschlossenen Türen, hinter denen Lebensmittelgeschäfte lagen …

Perry setzte sich. Er befand sich in der Nähe eines Wollladens und hatte vor sich ein Waffengeschäft. Das war gut. Beides brachte ihn nicht in Versuchung.

Er erinnerte sich, dass der Wollladen einer Hexe gehörte. Ja, tatsächlich gehörte er der Mutter von Nexus, der, wie ihm jetzt wieder einfiel, ja auch Somerleyton hieß.

Also überquerte Perry die Straße, setzte sich vor die Tür des Wollladens und kratzte an der Tür. Das musste er eine ganze Weile lang tun, bis ihm die Tür geöffnet wurde.

Ein Zauberer sah auf ihn herab. Perry erkannte das, hätte aber nicht sagen können, woran. Hund zu sein, war verwirrend. Man hatte so viele Informationen, wusste so viel und konnte es nicht zuordnen.

„Na, du kleiner Wuschel. Du bist hier falsch, glaube ich."

Perry bemühte sich um gutes Verhalten, gab Pfötchen und winselte nur leise. Und als der Zauberer ihm auch nur den kleinsten Spalt ließ, schlupfte er zwischen seinen Beinen hindurch und in das Wollgeschäft.

„Hey, warte! Das ist ein Handarbeitsgeschäft, keine Metzgerei!"

Perry lief zur Theke, setzte sich und sah großäugig zu dem Mann auf, der ihm gefolgt war und ihn jetzt durch zwei halbmondförmige Brillengläser betrachtete.

„Hm, du bist schmutzig. Das geht nicht in einem Laden, in dem wir auch Babysachen verkaufen. Komm mal mit nach hinten!"

Perry hätte beinahe genickt, ging mit in einen Hinterraum, in dem ein kalter Wind zarte Häkelgardinen vor einem geöffneten Fenster bewegte, und dort machte der Zauberer doch tatsächlich einen Kühlschrank auf.

„Hier, schau mal, ich glaube, das könntest du mögen ..."

Er öffnete einen Becher Joghurt und gab den Inhalt sehr sorgfältig mit dem Löffel in eine Schale, die er Perry hinstellte.

Etwa fünfzehn Sekunden lang wusste Perry nur, dass die Welt weiß und kühl und lecker war. Dann stand er vor einer spiegelblank geputzten Schale.

„Oh, je, du hast wohl ordentlich Hunger. Mehr habe ich nicht, was man einem Hund geben könnte. Aber weißt du was – ich rufe mal das örtliche Tierheim an ..."

Perry erstarrte. Dann wich er zurück.

„Bleib schön hier! Ich rufe dort an, man holt dich ab, wäscht dich mal gründlich und dann bekommst du richtiges Futter, das für dich geeignet ist, ..."

Perry sah noch einmal bedauernd zum Kühlschrank, dann hüpfte er auf eine Holzbank und von dort durch das offenstehende Fenster.

Noch einmal würde er sich nicht in dieses Heim bringen lassen! Auf gar keinen Fall!

Er landete in einem Hof.

Der Hof bot nur geschlossene Türen, Ständer mit ungebleichter Wolle, eine Tonne, in der dem Geruch nach ebenfalls Wolle war, ... Verdammt!

Eine der Türen wurde geöffnet, der Zauberer trat heraus und versuchte, Perry zu greifen. Perry tunnelte durch seine Beine, gelangte ins Geschäft zurück und es begann ein wilder Ringelreihen. Hinterzimmer, Hof und Geschäft. Es kam ihm immer mehr wie ein Karussell vor, bei dem nur die Musik fehlte. Dann erfasste ihn etwas Unsichtbares und er konnte sich nicht mehr von der Stelle rühren.

Magie. Der Mann hatte ihn auf den Fleck gebannt!

Perry hechelte panisch. Dann klingelte ein Glöckchen, eine Frau mit drei Kindern drängte in den Laden und alle stürmten sofort auf Perry zu.

„Ach, wie süß!"

„Beißt der?"

„Darf ich ihn streicheln?"

Perry kam sich ausgeliefert vor, weil er nicht wegkonnte, da hob der Zauberer den Bann auf, vermutlich, weil es komisch gewirkt hätte, wenn ein Hund in seinem Laden sich nicht von der Stelle bewegte.

Perry entschlüpfte kleinen Händen, raste herum, und es wurde ein noch wilderes Spiel, denn jetzt jagten ihm drei Kinder nach und kreischten glücklich, während sich die Mutter unbeeindruckt nach Wolle für drei Pullover erkundigte. Eins der Kinder, ein Mädchen, öffnete Perry dann die Tür und er entkam. Er beschloss, das Kind eines Tages zu finden und ihm den größten Lutscher oder das größte Eis zu spendieren, das Ipswich zu bieten hatte.

Aber jetzt nichts wie weg von diesem verfluchten Ort!

Perry hetzte über die Straße, Bremsen quietschten und dann flog er in hohem Bogen durch die Luft.

Flederhund

Billy hatte die restliche Nacht auf Mirandas Sofa verbracht, gut gefrühstückt und gemeinsam waren Pläne geschmiedet worden. Doch nun musste er erst einmal nach Hause. Es galt, einige Vorbereitungen zu treffen und seine Bienenkönigin in ihren Stock zurückzusetzen, für die es jetzt ja eigentlich viel zu kalt war.

Gerade überlegte er, ob er sich nicht doch weniger auffällig kleiden sollte, nachdem er bei ihrem Einbruch ins Tierheim mit seinem gelben Wollmantel doch vielleicht gesehen worden war. Er wollte die Hampton-Road überqueren und stand am Zebrastreifen, als wie von wilden Wölfen gehetzt ein kleiner, schwarzer Hund angerannt kam, über die Fahrbahn schoss und schon im nächsten Augenblick durch die Luft flog, nachdem ihn ein roter Hyundai im Vorbeifahren seitlich erwischt hatte.

Bremsen quietschten, jemand schrie auf.

Billy hatte keine Muße, sich damit zu beschäftigen. Er bündelte seine Energien, wirkte einen Lockzauber und breitete die Arme aus.

Er musste einige Schritte rückwärts machen, um den Aufprall abzufedern, aber er hatte das kleine Wesen!

Er lehnte gegen die Hauswand hinter sich, beruhigte seinen Atem und erkannte, dass es *der* Hund war. Der, den sie die ganze Zeit suchten.

Perry!

Manchmal hatten die Götter und Heiligen eben doch ein Einsehen.

Aber der Hund wirkte benommen, hechelte und fiepte.

Der Fahrer des Hyundai war ausgestiegen und redete aufgeregt auf Billy ein. Leute fotografierten mit ihren Handys.

Billy drückte Perry fester an sich und machte, dass er fortkam. Nach Hause war es zu weit, weswegen er umkehrte und kurz darauf wieder einmal bei Miranda klingelte.

Sie öffnete ihm mit einem Lockenwickler im Haar, dort, wo tagsüber eine Strähne elegant nach links zu verlaufen pflegte, und war in ein weites Shirt mit Katzenaufdruck und eine Haremshose gekleidet.

„Oh, Billy! Du hast ihn gefunden?"

Billy erzählte, was passiert war, und Miranda hob Perry auf den Küchentisch. Gemeinsam tasteten sie den mageren Hund ab, sowohl mit den Händen als auch magisch.

„Es ist der Schreck und ein wenig durchgeschüttelt scheint er auch", sagte Miranda. „Aber gebrochen ist nichts und ich kann auch keine inneren Verletzungen feststellen. Mal schauen, was wir ihm geben könnten."

Billy stellte einen Tropfen seines Stärkungstranks zur Verfügung.

„Mehr wage ich bei einem Hund nicht", erklärte er. „Hunde dürfen vieles nicht zu sich nehmen, was Menschen hilft."

Miranda holte daraufhin ein Glas selbstgekochte Hühnerbrühe aus dem Vorratsschrank, wärmte etwas davon leicht an und gab es Perry löffelweise, der sofort anfing, seine Nase abzuschlecken und kurz darauf schon selbst etwas Brühe von einem Unterteller schlappte.

„Das hätten wir“, sagte Billy. „Aber wo steckt jetzt Nexus?“

„Er ist zum Haus seiner Mutter gegangen, um zu sehen, ob sie zurück ist.“

„Und Isabel?“

Miranda sah sich um, rief dann Isabels Namen, und als sich daraufhin nichts tat, sah sie überall nach, nur um die weiße Katze schließlich im Wohnzimmer oben auf dem Bücherschrank zu entdecken. Nur zwei Fächer tiefer saß Mumpitz und wirkte doppelt so breit wie sonst, den Schwanz zu einer Flaschenbürste gesträubt.

„Kinder“, sagte Miranda. „Es ist doch nur Perry. Perry, der Magier. Kein wirklicher Hund.“

Doch weder Isabel noch Mumpitz kamen daraufhin herunter.

„Lass ihnen Zeit“, empfahl Billy. „Auch Perry selbst sollte am besten einfach etwas ausruhen. Ich ändere meine Pläne und sehe mal, ob ich Nexus noch beim Haus seiner Mutter erwische. Jetzt, da wir Perry haben, sollten wir nochmal überdenken, was wir uns für die nächsten Tage vorgenommen hatten.“

Miranda nickte.

„Nur was machen wir, wenn der Inspektor wieder auftaucht und dann den Hund bei mir entdeckt?“

„Da müssen wir uns irgendetwas zurechtlegen“, erwiderte Billy. „Aber der Gesetzeshüter wird ja nicht alle paar Stunden bei dir hereinschneien, hoffe ich!“

Im selben Augenblick klingelte es wieder einmal an der Tür.

Fragen über Fragen

Miranda schloss geistesgegenwärtig die Küchentür hinter sich und war sofort froh darüber, als doch tatsächlich niemand anderer vor dem Fußabstreifer stand als Inspektor Andrews. Sein hellbeiger Trenchcoat wirkte zerknittert.

„Sie sollten wirklich mehr schlafen", sagte sie zu ihm. „Möchten Sie vielleicht einen Tee?"

„Keinen Tee, danke", erwiderte er. „Aber ich würde gerne hereinkommen, wenn es Ihnen nichts ausmacht."

Es machte Miranda etwas aus, aber natürlich hielt sie ihm gastfreundlich die Tür auf und bot einen Sitzplatz an. Sie war überrascht, dass er sich daraufhin auf die Couch niederließ, nicht allerdings, ohne vorher zu Isabel und Mumpitz gesehen zu haben, die beide äußerst alarmiert wirkten.

„Kennen Sie eine Ms Isabel Bowles?", fragte er und Isabel miaute daraufhin.

„Ja, ich kenne sie", bestätigte Miranda vorsichtig.

„Und kennen Sie einen Mr Perry Cole?"

Miranda war äußerst froh, dass Perry daraufhin nicht bellte.

„Ich kenne ihn nicht persönlich, aber dem Namen nach", sagte sie. „Weshalb?"

Inspektor Andrews machte einen matten, aber doch noch irgendwie kampflustigen Eindruck.

„Beide Personen wurden von Nachbarn als verschwunden gemeldet. Und beide Nachbarn erwähnten, dass bemerkenswerte Besucher sich gemeldet hätten, eine Frau, ein schwarzgekleideter Mann und ein weiterer Mann mit auffällig bunten Kleidern und dunkler Hautfarbe."

Miranda überlegte fieberhaft, wie sich das erklären ließ, ohne die wahren Sachverhalte zu erwähnen, die ihr der Inspektor ja ohnehin nicht geglaubt hätte. Gerade als sie das dachte, sah er zu der Statue der Hekate, die umgeben von sieben Kerzen auf einem eigenen Beistelltisch stand.

„Meine Kollegen, die auf die Vermisstenmeldungen hin die Wohnungen der Verschwundenen öffneten, fanden Hinweise auf ... Interessen ..." Der Inspektor schien unsicher, wie er es formulieren sollte. „Und nun sehe ich, dass Sie diese Interessen womöglich teilen."

„Interessen?", fragte Miranda unbehaglich. Zaubern war ja nicht mehr verboten, aber sie wusste nur zu gut, wie schnell man in der Spinnerecke landete, wenn Leute nichts mit Hexerei am Hut hatten.

„Hm. Esoterische Interessen."

Miranda beschränkte sich auf einen neutral-interessierten Blick. Dann übermittelte er *Buch.*

„Könnte es sein, Ms Valentine, dass Sie und die vermisst gemeldeten Personen ebenso wie Thomas Jinx einer ... Gemeinschaft angehören, bzw. angehörten?"

Es klang, als wolle er eigentlich *Sekte* sagen.

Miranda überdachte ihre Antwort, ehe sie sagte: „Wir teilten womöglich Interessen, aber wir gehörten definitiv nicht allesamt einer Gemeinschaft an."

„Sie sagen das so betont“, erwiderte Andrews. „Wäre Ihnen das unangenehm gewesen?“

Miranda unterdrückte ein Seufzen.

„Nein, aber wie gesagt: Mr Cole kenne ich kaum und mit Ms Bowles habe ich ein einziges Mal gesprochen. Vor längerer Zeit.“

Das war ja nicht gelogen.

„Und die Herren, die heute Nacht bei Ihnen waren? Wissen Sie, ob einer von beiden mit den Verschwundenen näher bekannt war? Oder können Sie mir einen plausiblen Grund nennen, weshalb Sie alle drei bei beiden vermissten Personen vorbeischauten?“

Jetzt hätte Miranda doch gerne Nexus als Stichwortgeber dabeigehabt.

„Wir hörten gerüchteweise, dass Isabel Bowles verschwunden sei, und wollten Perry Cole fragen, ob er auch so etwas gehört hat. Nur war er ebenfalls nicht da und die Nachbarn sagten, er sei schon zwei oder drei Tage nicht heimgekommen.“

„Und da benachrichtigten Sie nicht die Polizei?“, fragte Andrews mit hochgezogenen Augenbrauen.

„Der Nachbar erwähnte, dass er das schon getan habe.“

Langsam kam sich Miranda vor wie auf heißen Kohlen.

„Also gingen Sie davon aus, dass Ms Bowles und Mr Cole sich kennen?“

Miranda nickte.

Inspektor Andrews lehnte sich vor und fixierte Miranda ernst.

„Möchten Sie mir nicht sagen, was all diese Personen, Sie selbst eingeschlossen, miteinander verbindet?“

Merkwürdig

Perry saß jetzt unter dem Küchentisch, ja, Billy hatte ihn mit dem Fuß eigens noch tiefer darunter geschoben, auch wenn Perry nicht wusste, weshalb. Jetzt stand Miranda in der Küchentür und redete von einem Inspektor.

Perry war noch zu durchgeschüttelt und zu verwirrt, um zu verstehen, worum es da ging. Er schnüffelte und ging dann sehr langsam und vorsichtig ins Wohnzimmer. Oben auf dem Regal sah er die weiße Katze sitzen und wedelte versuchsweise.

Dann sprang ihn vollkommen unvermittelt die Hölle selbst an. Er hörte ein ohrenzerreissendes Kreischen. Ihn trafen rotierende Messer - oder so fühlte es sich jedenfalls an. Er schrie panisch und flüchtete sich in die Küche, wo er direkt in Billys Arme sprang.

Er schmeckte Blut und sah verschwommen.

Im Wohnzimmer schimpfte Miranda mit jemandem. Perry verstand nur, dass eine Bestie mit ihnen in der dieser Wohnung war und bewunderte Mirandas Mut, sich diesem schwer bewaffneten Ungeheuer entgegenzustellen. Dann kam sie zurück.

„Du Armer“, sagte sie. „Es tut mir wirklich leid, dass Mumpitz sich so schlecht benimmt. Komm, lass uns das Blut abtupfen!“

Die Prozedur endete damit, dass ihm etwas auf tiefe Kratzer getupft wurde, das höllisch brannte. Dann saß ein Pflaster quer über seiner Nase.

Er jammerte leise.

Miranda versicherte ihm noch einmal, dass es ihr leidtue. Dann ging auch noch Billy und ließ ihn hier zurück. Die Wohnungstür fiel zu.

Perry setzte sich unter den Küchentisch und hechelte. So hatte er sich das nicht vorgestellt. Aber er war ein Mann und Magier und musste sich zusammenreißen. Wenn es Miranda gelang, das böse Wesen zu konfrontieren, dann konnte er sich hier doch nicht feige unter den Tisch flüchten!

Er schob die verpflasterte Nase vor und ließ den Körper folgen.

„So ist es fein", sagte Miranda. „Und jetzt, da wir dich endlich hierhaben, sollten wir dafür sorgen, dass du rasch zu Kräften kommst und wir Pläne schmieden können."

Perry starrte nach oben und wedelte.

Konnte es sein, dass sie verstanden hatte? Dass sie jetzt wusste, dass er Perry der Magier war? Und tatsächlich bestätigte sie das im nächsten Moment.

„Wir haben eine Weile gebraucht", erklärte sie. „Aber dann hat uns Isabel auf die Lösung gebracht! Ihr seid die vermissten Zauberer, nicht diejenigen, die für das Verschwinden verantwortlich sind. Und deswegen wollten wir dich aus dem Tierheim holen. Nur wollte man dich nicht herausgeben." Sie seufzte. „Und daher sind wir eigens in der Nacht eingebrochen. Doch da warst du nicht mehr da. Bist du abgehauen?"

Perry winselte und wedelte.

Eingebrochen? Das hörte sich ja dramatisch an. Er hätte so gerne Fragen gestellt. Aber das ging ja nicht.

Miranda klapperte mit irgendetwas, dann stellte sie einen Teller mit warmem Hühnerfleisch auf den Boden.

„Jetzt iss erstmal."

Perry hatte den ersten Bissen schon auf der Zunge, ehe er wusste, wie es dazu gekommen war. Wundervoll. Ja, so schmeckte Freiheit. Vergessen waren Schmerz und Pflaster. Für wenige Minuten war er umfassend und lückenlos glücklich. Die Welt war Aroma und Textur.

Doch erschreckend schnell erwies sich der Teller als leer, das Glücksgefühl verebbte und Perry wurde sich bewusst, dass er hier auf dem Küchenboden saß und vermutlich ein ebenso lächerliches wie bemitleidenswertes Bild abgab.

Also setzte er sich, sah zu Miranda auf und bemühte sich, ernst und kompetent auszusehen.

Ihr Lächeln ließ ihn allerdings argwöhnen, dass er eher süß und dümmlich wirkte.

„Komm", sagte sie. „Hüpf mal hier hinauf und lass uns gemeinsam weitersehen." Sie klopfte einladend auf die Sitzfläche des Küchenstuhls.

Perry sprang hinauf, von dort auf den Tisch und blickte zu Miranda hoch. Er musste nun zeigen, was in ihm steckte. Aber wie? Er jaulte.

„Ich weiß", behauptete Miranda. „Du quillst vermutlich förmlich über vor Mitteilungsbedürfnis. Aber wir müssen sehr konzentriert vorgehen, um keine Zeit zu vergeuden."

Perry jaulte wieder.

„Wie machen wir das nur?", überlegte Miranda. Dann schien

ihr eine Idee zu kommen und sie verschwand im Wohnzimmer, wo sie Schubladen aufzog und herumkramte. Perry wäre ihr beinahe gefolgt, nur fiel ihm ein, dass dort ja eine Bestie hauste. Also blieb er, wo er war.

Miranda kehrte kurz darauf mit etwas zurück, das Perry dann schockiert betrachtete. Es war ein Quija-Brett.

Wollte sie jetzt Verstorbene beschwören? Oder meinte sie, man könne ihn so channeln?

„Ich dachte mir, das ist praktisch“, erklärte Miranda und platzierte das schön verzierte Brett neben Perry. „Du legst einfach deine Pfote auf den jeweiligen Buchstaben.“

Ach so, ja, das klang vernünftig. Aber was sollte er schreiben? Sofort fühlte er sich blockiert. Er wollte so viel sagen und musste stattdessen so präzise und knapp wie möglich kommunizieren.

Er legte die Pfote auf das E.

„E“, sagte Miranda.

Auf das S.

„Es ...“

„S“

„Ess?“, fragte Miranda. Dann fügte Perry ein weiteres E hinzu.

„Ach so. Essenz? Essenzen?“

Perry gab einen zustimmenden Laut von sich.

Dann übermittelte er Buch.

„Verstehe. Du willst ein Buch über Essenzen. Als Alchemist kannst du eventuell etwas an eurem Zustand ändern, indem du tust, was du am besten kannst. Was für ein Buch? Wo finden wir es?“

Perry war gleichzeitig erfreut, wie schnell Miranda begriff, aber trotzdem frustriert, wie sehr er alles verkürzen und verknappen musste.

„Weiß nicht“, übermittelte er. „Bibl....“

„...iothek. Ja, gut. Also müssen wir wieder zu Hakon?“

Perry fiel es als Hund zunächst schwer, diese Bewegung zu machen, weil sie ungewohnt war, aber er nickte.

„Na, das ist doch ein Plan“, sagte Miranda munter. „Und an das Quija-Brett hätte ich schon früher denken sollen!“

Das Haus der Somerleytons

Nexus stand still an der Eingangstür, die er hinter sich geschlossen hatte.

Er spürte genau, dass seine Mutter nicht heimgekommen war. Als mächtige Hexe erzeugte sie eine magische Signatur, die Kundige spüren konnten. Und ihm war diese Energie seit jeher vertraut.

Jemand anderer war hier gewesen.

Fibald vermutlich.

Nexus ging in die Küche. Ja, alles war aufgeräumt worden, das Geschirr gespült, der Müll weggebracht ... Wie konnte Fibald nur so perfekt und so häuslich sein?

Nexus sah sich in der kleinen, einfach gehaltenen Küche um, in der sich so gut wie niemals etwas änderte. Das Geschirr war dasselbe wie vor dreißig Jahren und seine Mutter hatte sich keine moderne Küche einbauen lassen, sondern kochte noch auf einem Herd, der mit Holz beheizt wurde.

Es hatte etwas Vertrautes und ging ihm gleichzeitig auf die Nerven. Er zog Schubladen auf, sah in den Kühlschrank, der das einzige war, das aus dem 21. Jahrhundert stammte.

Ordnung und Sauberkeit überall. Fürchterlich.

Nexus ging ins Wohnzimmer, wo ein Schal darauf wartete, weitergestrickt zu werden. Er war mintgrün und gelb und Nexus musste natürlich an den pink-gelben Schlauchschal denken, den ihm jemand übergeworfen hatte, um ihn dann vor ein Auto zu stoßen.

Konnte es sein, dass der liebe, immer sanfte und so ordentliche Fibald nicht war, wie er zu sein vorgab? War es überhaupt möglich, dass jemand tatsächlich eine solch weichgekochte und gleichzeitig selbstgerechte Art hatte?

Oder steckte hinter dem Verschwinden seiner Mutter vielleicht ihr eigener Lebensgefährte? Er hatte den Schlauchschal gestrickt und dann ein paar gleich aussehende an Runa gegeben, um sich so eine Art Alibi zu verschaffen.

Und womöglich war er zaubermächtiger als man ihm ansah. Immerhin lebte er mit der allseits bekannten, ja gefürchteten Hexe Janet Somerleyton zusammen. Die hatte sich doch gewiss keinen Nichtskönner ausgesucht, auch wenn ihre Wahl in jedem Fall merkwürdig erschien.

Sein eigener Vater hingegen... Nexus wandte sich um und betrachtete das unscharfe Foto, das auf der Kommode stand, seit er denken konnte, schön in einem Silberrahmen, der regelmäßig poliert wurde. Eigentlich sah das Bild aus, als sei es viel älter als rund vierzig Jahre. Es war so körnig und braun, dass ein Gesicht nicht wirklich zu erkennen war.

Je mehr man versuchte, Einzelheiten zu betrachten, desto mehr verschwamm alles.

Seine Mutter hatte ihm nie viel erzählt. Oder eigentlich so gut wie nichts. Ein One-Night-Stand, wie er vermutete. Vielleicht war sogar das Foto ein Fake. Von vornherein.

Es hatte keinen Partner im Leben seiner Mutter gegeben, bis sie plötzlich Fibald angeschleppt hatte, der seitdem immer freundlich und spülwasserwarm herumsaß und strickte.

Nexus nickte, als müsse er sich selbst beipflichten.

Fibald war die ideale Besetzung für einen Schurken.

Aber jemanden wie ihn würde man auch nicht leicht festnageln. Er war ja glatt und schleimig wie ein Fisch, der einem immer wieder weg glitschte.

Es kam Nexus ungehörig vor, in Räumen herumzusuchen, die ihm sonst auch nicht offenstanden. Aber er wollte ja mehr herausfinden. Also ging er hinüber in die Hexenküche, die strikt getrennt von der Wohnküche im Nebenhaus untergebracht war, einem Anbau von gerade mal zwanzig Quadratmetern.

Seine Mutter duldete dort niemanden, nicht einmal Fibald.

Umso mehr wunderte es Nexus, dass keine schützenden Zauber auf der Schwelle lagen.

Er betrat zum ersten Mal diesen Raum und das Licht schaltete sich ein. Wie durch Hexerei.

Nur war es wohl ein Bewegungsmelder.

Nexus stand da und staunte.

So einfach und altmodisch das Vorderhaus war, so sehr stach diese Küche dagegen ab. Er hatte erwartet, Kräutersträuße an Stangen zu sehen und vielleicht eklige Tränke.

Doch hier war alles noch sauberer. Es standen mehrere eindeutig sündteure Küchenmaschinen herum. Die Arbeitsflächen bestanden aus Edelstahl, der zentrale Herd war mit einem Ceranfeld ausgestattet. Es gab Dörrgeräte, Mixer, kleine Öfen und alles Mögliche, das er nicht einmal hätte benennen können. In Schränken mit Riffelglaseinsätzen standen Reagenzgläser in Halterungen, die eher an ein Labor denken ließen.

Was bei allen Höllen trieb seine Mutter hier denn bloß?

Er wollte einen der Schränke öffnen, da schlug vorne im Vorderhaus laut und vernehmlich die Türglocke an.

Legenden

Billy sah an dem kleinen Fachwerkhäuschen hinauf. Es gefiel ihm.

Dann drückte er die Klingel und ein satter Glockenton war zu hören. Nach mehr als zwei Minuten machte ihm Nexus die Tür auf.

„Stalkst du mich?“, fragte er.

Billy lächelte amüsiert.

„Eine Idee, auf die ich nicht gekommen wäre. Und ich bin hier, weil ich Perry den Alchemisten gefunden habe. Er ist etwas angeschlagen, immer noch in Hundegestalt, aber unterm Strich putzmunter, sitzt in Mirandas Küche, und ich dachte, das solltest du so schnell wie möglich wissen.“

Nexus tat ihm nicht den Gefallen, Begeisterung zu zeigen.

„Aha“, sagte er.

Also fragte Billy: „Was ist nun mit deiner Mutter?“

„Nichts. Sie ist nicht da. Und sie kam wohl auch nicht zwischendurch heim.“ Nexus stand da, eine Hand an der Türkante, so als wolle er sie im nächsten Augenblick zuschlagen. Oder, als sei ihm schwindelig. Nach einer längeren Gesprächspause sagte er: „Kann ich dir etwas zeigen?“

„Ja, warum auch nicht?“

„Weil meine Mutter nicht einmal wollte, dass *ich* es sehe.“

„Oh.“

Nexus fixierte Billy.

„Also halt deine Klappe, okay?"

„Ich halte sie", versprach Billy. Er sparte sich auch Fragen und folgte Nexus durch ein sehr gemütlich aussehendes Wohnzimmer und eine Küche, die nichts von einer Hexenküche besaß. Sie betraten ein kleines Hinterhaus.

Und hier war plötzlich alles anders, wirkte fast schon technisch, jedenfalls auf dem neusten Stand, was die Geräte und die restliche Ausstattung betraf. Billy entdeckte Schränke mit mattem Glaseinsatz, in denen Reagenzgläschen und beschriftete Apothekerflaschen standen.

„Erinnert ein bisschen an ein Drogenlabor."

Nexus schnaubte.

„Du glaubst doch nicht, dass die Hexe Janet Somerleyton neben Wolle auch Ecstasy verkauft!"

Billy lachte.

„Das wäre originell. Niemand würde ihr das zutrauen. Aber hast du mal geguckt, was in den Behältern drin ist?"

„Nein, wollte ich, als du geklingelt hast. Und ich kenne mich mit Kräutern und ihren Zubereitungen letztlich nicht aus. Das wäre Perrys Expertise."

„Dann schauen wir mal", schlug Billy vor.

Er nahm einen Ständer mit acht Reagenzgläsern heraus und stellte ihn auf den Metalltisch. Jedes Gläschen hatte einen Gefahrenstoffaufkleber.

„Also Tropfen gegen Vergesslichkeit sind das nicht", bemerkte Billy. Er hielt eins der Gläschen gegen das Licht, bewegte die blassgrüne Flüssigkeit darin vorsichtig hin und her, löste dann den Stopfen, hütete sich aber, seine Nase in die Nähe zu bringen. Er schnupperte von Ferne. Dann korkte er das Gefäß wieder zu.

„Ich hoffe sehr, niemand meldet deine Mutter als vermisst! Dann findet die Polizei das hier. Und das gibt Ärger?"

„Wieso?", fragte Nexus. „Es sind doch nicht wirklich Drogen, oder?"

Billy räumte weitere Reagenzglashalter auf den Tisch, betrachtete Flaschen mit Aufklebern, auf denen nur Totenköpfe zu sehen waren, und räumte dann alles zurück.

„Also, ich kenne ja deine Mum nicht. Aber das hier sieht aus wie das Labor einer Massenmörderin. Deswegen habe ich das mit der Polizei gesagt. Wir haben hier Bilsenkraut, Belladonna, Einbeere und alles Mögliche andere. Es ist nicht mal so weit verdünnt, dass man es als Homöopathie ausgeben könnte. Im Gegenteil. Einiges wurde eindeutig destilliert und zu starken Essenzen aufbereitet. Trink eins davon aus und kein Krankenhaus kriegt dich wieder auf die Beine!"

Da Nexus daraufhin nur gegen die Arbeitsplatte lehnte und blass aussah, sah sich Billy weiter um. Im Kühlschrank fand er Beutel mit Pellets.

Aufkleber warnten: *Nicht zum Verzehr geeignet*

Dann öffnete er einen Schrank und entdeckte eine Liste, die auf der Innenseite der Tür klebte.

Im Notfall beliefern stand dort. Und es folgten zweiundzwanzig Namen.

„Notfall", murmelte Billy. „Was für eine Art von Notfall könnte das sein? Ist das für einen Selbstmordpakt?"

Nexus wischte sich mehrfach über den Mund wie jemand, der sich im Schock befindet.

„Ich habe keine Ahnung! Nicht die geringste!“

Billy schloss leise die Schranktür.

„Also eines ist klar: Wenn der Inspektor hier auftaucht und findet das, dann wird man nach deiner Mum fahnden. Und wir stecken mit im Schlamassel. Denn nach allem, was bisher passiert ist, wird uns der gute Mann nicht glauben, dass wir hiervon nichts gewusst haben.“

Nexus nickte ein paar Mal.

Billy hatte ihn bisher nicht so fassungslos erlebt. Aber wer stellte schon gerne fest, dass die eigene Mutter potenziell tödliche Geheimnisse besaß?

„Komm“, sagte er. „Machen wir das Naheliegende: Bringen wir eine Probe zu Miranda und legen sie demjenigen vor, der sie tatsächlich mit Sachverstand begutachten kann! Nämlich Perry.“

Schnüffelei

Perry war so aufgeregt, als Billy und Nexus zurückkamen, dass er erst beruhigt werden musste, ehe man ihm die alarmierenden Neuigkeiten berichten konnte.

Er brachte mit Mühe sein wild wedelndes Hinterteil zur Räson und setzte sich. Billy holte eine sorgfältig zugestöpselte, aber nicht versiegelte Phiole aus einer Tasche seiner Jacke und stellte sie auf den Tisch.

„Ich kann sie aufmachen, aber das Zeug dürfte giftig sein. Ich habe keine Ahnung, wie viel gefährlicher es für einen kleinen Hund ist, der ja weit weniger Körpergewicht besitzt. Also sei vorsichtig."

Perry setzte sich noch aufrechter. Die Schwanzspitze zuckte. Dann kam Isabel in die Küche und sofort war er abgelenkt. Sie sprang geschmeidig auf den Rand der Spüle und als er sie direkt ansah, fauchte sie leise.

Konzentrieren, Perry!

Bedächtig löste Billy den Korken und stellte ihn umgekehrt auf die Tischplatte.

Perrys Nase bewegte sich schon längst, er sog die Luft ein, wich aber fast sofort rückwärts und Billy korkte die Flasche ganz schnell wieder zu.

Perry schüttelte sich.

„Stark, das Zeug?", fragte Billy.

Perry machte den Hals lang und begutachtete die Phiole.

Zwanzig Milliliter. Das konnte er aus Erfahrung sehr genau einschätzen. Farbe blassgrün. Kein Gelbstich.

Die Flüssigkeit war ganz klar und wies nirgendwo auch nur eine Andeutung von etwas auf, das sich abzusetzen versuchte. Sie war also destilliert und gefiltert worden, vermutlich in mehreren Verfahrensschritten.

Den Alkohol hatte er als erstes gerochen, dann etwas Bitteres, etwas Süßes, leicht holzige Noten, viel Chlorophyll. Ah, das war Petersilie gewesen. Glatte, keine krause.

Er beleckte seine Nase und beurteilte die Geruchskomponenten, die er immer noch ganz eindeutig wahrnehmen konnte, obwohl die Phiole wieder verschlossen worden war.

„Was ist das denn nun?“, fragte Nexus laut und ungeduldig.

Perry war zu sehr mit den Aromen beschäftigt, um jetzt darauf einzugehen.

Hm. Was war da noch? Ah, Efeu! Er hatte ihn nicht gleich erkannt, weil ein destillierter Auszug vorlag, in dem das giftige Hederin offenbar eigens konzentriert worden war. Interessant.

Perry legte die Pfote sehr betont neben das Fläschchen.

„Nochmal aufmachen?“, fragte Billy.

Perry nickte und es war immer noch ein sonderbares Gefühl.

Er hielt sich vorsichtig vom Flaschenhals fern und bekam trotzdem einen solchen Schwall von Gerüchen in die Nase, dass er nieste, Billy die Phiole gerade noch so vor dem Umkippen bewahren konnte und sie eilig wieder verschloss.

Ja, Efeu dominierte, die anderen Stoffe waren offenbar nur Begleiter, nicht Hauptträger einer Wirkung.

Perry machte drei Schritte und stand vor dem Quija-Brett.

„Oh, er schreibt“, sagte Miranda.

Alle lehnten sich vor.

„H...“, sagte Nexus.

„He...“, ergänzte Billy.

„Hed ... Meinst du Hedwig?“

„Hede...“, sagte Nexus. Was soll das denn für ein Wort ergeben?“

„Shhh“, machte Miranda. „Heder... Hederi ...Hederin.“

Nexus lehnte sich vor.

„Wer ist das? Hederin? Oder was? Das ist doch keine Pflanze!“

„Warte mal“, sagte Miranda und holte ihr Handy, um den Begriff dann zu googeln. „Ah, dachte ich doch, dass es mich an *Hedera helix* erinnert – also an Efeu. Und Hederin ist das darin enthaltene Saponin, eine giftige Substanz, die aber auch Anwendung in der Heilkunde findet, beispielsweise als Hustenlöser, aber auch in Krebsmedikamenten.“

„Du willst doch damit nicht sagen, dass Janet Somerleyton heimlich an Krebsmitteln forscht“, fragte Billy. „Oder?“

Perry bellte. Dann legte er die Pfote wieder auf das Quija-Brett.

„G-i-f-t“, las Miranda mit. „Das hört sich aber wirklich unerfreulich an, nicht wahr? Und nicht nach Forschung irgendwelcher Art.“

Es klingelte.

„Ja, verdammt!“

Billy sah sich ebenso alarmiert zur Tür um wie Miranda, die die Phiole vom Tisch nahm, zögerte, und sie dann in den Mülleimer unter der Spüle warf.

„Der Köter!“, fauchte Nexus. „Versteckt ihn! Ich gehe aufmachen.“

Unerwartet war kurz darauf eine Frauenstimme zu hören. Dann kam Nexus mit einer Frau um die Dreißig in die Küche.

„Guten Tag. Ich bin Inspektor Roe. Ich glaube, Sie kennen schon meinen Kollegen, Inspektor Andrews von der Mordkommission. Mein Zuständigkeitsbereich sind Vermisstenfälle. Und ich bin da einer kuriosen Sache auf der Spur. Vielleicht können Sie mir weiterhelfen.“

Perry saß unterdessen im Schrank unter der Spüle, hinter den Mülleimer gequetscht, und hörte zu. Sein verfeinertes Hundegehör machte das nicht weiter schwierig. Weit schwieriger war es schon, bei den Gerüchen des Mülleimers nicht zu niesen.

Perry befeuchtete seine Nase mit der Zunge.

Die Analyse des Phioleninhalts hatte einen Gutteil des sachlichen Alchemisten wieder an die Oberfläche gebracht. Er fühlte sich wacher, klarer, entschlossener. Aber deswegen nicht weniger verwirrt. Mord? Gift? Vermisste?

Was hatte das alles mit allem anderen zu tun?

Er benötigte dringend mehr Informationen. Und er brauchte Zauberbücher.

Aber jetzt war da die Frau von der Polizei in Mirandas Küche und sprach von Kerzen, Weihrauch, Götterbildern und Geheimgesellschaften.

Ärgerlich.

„Wir haben einen weiteren Vermisstenfall“, sagte sie gerade. „Eine gewisse Helena Norrington wurde seit dem dreizehnten des Monats nicht mehr gesehen. Ihre Vermieterin hat uns gerufen, weil sie fürchtete, die Gute würde vielleicht tot in ihrer Wohnung liegen. Doch sie war nicht dort. Nur Reste ihres Frühstücks.“

„Helena?“, fragte Miranda, hörbar betroffen.

„Sie kennen sie also?“

Miranda gab es zu.

„Tja“, fuhr Inspektor Roe fort. „Mir fiel auf, dass sie einen Altar mit einer Göttinnen-Statue besitzt, dazu Halbedelsteine und ...“ Es gab eine kurze Pause, dann fuhr Inspektor Roe fort: „... ein Quija-Brett. So eins wie dieses hier, nur deutlich abgenutzter. Ja, und nun frage ich mich: Weshalb verschwinden gerade mehrere Personen, die einem gewissen Interessenkreis angehören? Personen, die Sie offensichtlich alle ebenfalls kennen?“

Und nun konnte Perry seinen Niesreiz nicht mehr länger unterdrücken.

Tapetenwechsel

„Also, Entschuldigung für die alten Rohre“, sagte Miranda geistesgegenwärtig. „Die gluckern und krachen. Sehr lästig und die Hausverwaltung findet einfach keine Lösung. Was die Personen angeht, so stimmt es, dass wir sie kennen, aber die meisten nur oberflächlich. Ich persönlich bin mir nicht sicher, ob Sie da gewisse Gemeinsamkeiten nicht überbewerten.“

Inspektor Roe wirkte nur kurz irritiert von dem explosionsartigen Geräusch aus dem Unterschrank.

„Dann verhelfen Sie mir zu einer anderen Theorie. Warum verschwinden diese Menschen und gibt es einen Zusammenhang mit dem Tod von Thomas Jinx?“

Nexus räusperte sich.

„Ich dachte bisher, es sei Sache der Polizei, so etwas herauszufinden. Jetzt fragen Sie uns?“

Sie nickte.

„Jede Hilfe ist willkommen. Immerhin geht es ja darum, die Vermissten so schnell wie möglich und so wohlbehalten wie möglich wiederzufinden, nicht wahr?“

Da konnten ihr alle nur beipflichten.

Billy wagte sich vor, indem er sagte: „Deshalb haben wir ja auch versucht, mit Leuten zu sprechen. Den Nachbarn beispielsweise. Aber sie konnten uns nichts sagen, das irgendwie weitergeholfen hätte.“

Inspektor Roe lächelte.

„Ich verstehe. In Zukunft wäre es vielleicht ratsam, nicht – ich nenne es mal: *auf eigene Faust* zu ermitteln, sondern das der Polizei zu überlassen. Stattdessen könnten Sie viel zur Aufklärung der Angelegenheit beitragen, wenn Sie uns mehr Informationen über die Verschwundenen geben. Alle lebten allein, alle beschäftigten sich mit ... spirituellen Dingen. Was davon könnte dazu beitragen, dass sie plötzlich vermisst gemeldet werden?"

„Tja", sagte Nexus. „Das wüssten wir auch gern."

An dieser Stelle gab Inspektor Roe fürs Erste auf, verabschiedete sich freundlich und Miranda begleitete sie zur Tür.

„Puh", sagte Billy. „Das ist aber alles zunehmend schwierig." Er ließ Perry aus dem Schrank unter der Spüle. „Da die Polizei hier alle Nase lang vorbeikommt, warum verlagern wir unsere eigenen Ermittlungen nicht anderswohin? Es gäbe da mehrere Ansätze."

„Massenhaft Ansätze", bestätigte Nexus, der sich offenbar langsam von dem Schock erholt hatte, im Haus seiner Mutter eine Giftküche vorzufinden. „Wir müssen uns mit der Zeitung beschäftigen. Am besten dort vor Ort Fragen stellen."

„Und Perry will in die Bibliothek", ergänzte Miranda.

Nexus nickte.

„Aber ich will auch endlich wissen, wer mir die Wolle über die Augen gezogen hat! Ich könnte bei Fibald vorbeigehen, der aber wahrscheinlich nur herumschwurbelt, bis ich ihn vor lauter Wut erwürge. Oder ich frage Runa, wer die beiden anderen Schals gekauft hat."

„Dann teilen wir uns also auf?"

Miranda machte eine abwehrende Geste.

„Ja, aber nicht zu sehr. Einer allein kann leicht verloren gehen und dann wissen die anderen nicht einmal, wann und wo es passiert ist, geschweige denn, was überhaupt. Wir sollten immer mindestens zu zweit sein."

„Zu zweit", sagte Billy und sah zu Isabel. „Ein Mensch und ein Tier beispielsweise?"

„Was nutzt dir denn eine kleine, weiße Katze, wenn es Probleme gibt?", knurrte Nexus und Isabel miaute vorwurfsvoll. „Was denn?", sagte er zu ihr. „Kannst du etwa hexen? Jemanden schlagen? Kommen, und uns berichten?"

Jetzt war Isabels Miauen eindeutig klagend.

„Oh, sie hat doch eifrig mitgekämpft", erinnerte ihn Miranda. „Und jetzt können wir ja mit der Quija-Methode kommunizieren. Das ist zwar mühsam, aber besser als nichts."

Nexus starrte auf Perry herab.

„Also, ich nehme nicht den Köter!"

Perry wedelte, was vermutlich auch eher vorwurfsvoll gemeint war.

„Ich kann ihn ebenfalls nicht nehmen", sagte Billy. „Denn ich stehe am meisten unter Verdacht, ihn geklaut zu haben. Oder dass ich ihn immerhin klauen *wollte*."

„Zu viel Gerede!", schnappte Nexus. „Legen wir das jetzt fest und dann basta."

Daraufhin stieg Isabel auf das Quija-Brett.

„Z-e-i ... Du willst zur Zeitung, Liebes?", fragte Miranda. „Und mit wem?"

„Seit wann ist das ihre Entscheidung?“, fragte Nexus, da legte Isabel ihre weiße Pfote auf den Buchstaben N. Dann auf das E.

„Du möchtest mit Nexus dorthin?“

Isabel nickte.

„Beschlossen und basta“, kommentierte das Billy heiter. „Und ich finde es schlau. Denn du kannst vielleicht nicht entspannt mit Fibald und Runa reden. Aber ich. Und Miranda bringt Perry zu Hakon und sie machen sich dort Notizen zu möglichen Gegenmitteln und vielleicht auch zu Giften, so wie die Dinge stehen.“

„Vernünftig und daher beschlossen“, bestätigte Miranda.

Und Nexus sah ein wenig perplex zu Isabel, die einen absolut selbstzufriedenen Eindruck machte.

„Na schön“, sagte er zu ihr. „Aber merk dir gleich, dass ich unterwegs den Ton angeben werde. Nicht du.“

Kräftige Farben

Im Laden war es geradezu voll – zwei Kundinnen forderten umfangreiche Beratungen zu Steinen, Sternzeichen und Räucherwerk. Runa verlor dabei nicht eine Sekunde lang ihre überbordende Freundlichkeit, aber dass sie gestresst war, bemerkte Billy daran, dass sie ihm keinen Tee anbot.

Er streifte durch das kleine, aber vollgestellte Geschäft. Über ihm klimperten die Metallplättchen eines Windspiels im Durchzug, der von der Hintertür kam. Sehr bald wurde die Luft weniger Weihrauch-geschwängert als einfach nur kalt.

Billy bot an, nach hinten zu gehen und die Hintertür zu schließen.

„Ja, mach das bitte“, sagte Runa, die gerade ihre Lesebrille aufgesetzt hatte, um das Preisschild eines vergoldeten Sternzeichenanhängers zu entziffern. „Das ist sehr lieb von dir.“

Billy durchquerte einen Perlenvorhang und gelangte in die erschreckend nüchtern gehaltenen Hinterräume: eine kleine Toilette, deren Fenster er als erstes schloss, und ein Wohnzimmer und Büro, das vermuten ließ, dass selbst Runa manchmal Erholung von der Atmosphäre ihres Ladens brauchte. Kein einziges Dekorelement schmückte das Zimmer, nirgends hingen Amulette und es roch hier auch eher nach weniger spirituellen Dingen, so wie beispielsweise nach Druckertinte und Klebstoff.

Das Einzige hier, das farbiger und wärmer wirkte, war ein Korb mit Schals in Pink und Gelb.

Billy griff in den Korb hinein.

Ja, das waren Schlauchschals wie der, dessen zerrissene Reste Nexus präsentiert hatte. Ganz genau solche. Drei Stück.

An keinem hing ein Preisschild.

Billy wunderte sich, dass Runa diese hübschen und sicher gut verkäuflichen Schals hier stehen hatte und nicht vorne im Laden.

Er ging zur Hintertür, wollte sie schließen, und der eisige Wind riss sie ihm beinahe aus der Hand. Dann gelang es ihm, sie zuzudrücken.

Billy bückte sich und hob Briefe, Rechnungen und andere Papiere auf, die der Durchzug überall im Raum verteilt hatte. Er legte sie aufeinander und stieß den kleinen Stapel auf der Tischkante auf, um ihn ordentlich auszurichten. Dabei fiel sein Blick auf das vorderste Blatt.

Er las ein paar Zeilen, hörte dann die Ladentür zufallen, legte den Stapel auf den Schreibtisch und ging wieder nach vorne. Dort stand nur noch eine Kundin und kramte bereits nach ihrer Geldbörse.

Billy wartete, bis nicht weniger als acht Artikel bezahlt und eingepackt worden waren, dann hielt er der Kundin die Tür auf, sie errötete und bedankte sich.

„Puh“, sagte Runa. „Das Reichtumsmedaillon, das ich hereinbekommen habe, scheint zu wirken. Meine Umsätze heute sind überdurchschnittlich.“

„Wie gut für dich“, entgegnete Billy. „Ich bin hier, um einen der Schals zu kaufen, die Fibald gemacht hat. Und gerade habe ich gesehen, dass sie hinten stehen und du also noch welche hast. Was für ein Glück! Ich dachte, es sind schon alle weg."

Runa blinzelte angestrengt und brauchte ungewöhnlich lange für eine Antwort.

„Äh, ja die Schals. Also ... ich habe sie, also sie sind alle reserviert ..."

Billy setzte sein charmantestes Lächeln auf.

„Warum stammelst du, Runa? Die Schals sind doch wunderhübsch und du kannst stolz sein, dass jemand wie Fibald eigens eine exklusive kleine Serie für dich macht."

Runas Finger spielten mit den Geldscheinen in der noch offenen Kassenschublade.

„Ja. Ja, natürlich."

„Stimmt irgendetwas nicht?", fragte Billy.

„Doch, natürlich", erwiderte Runa zu schnell und ohne den üblichen Ton der Begeisterung in der Stimme.

„Hm, schade. Dann gehe ich am besten direkt zu Fibald selbst und frage ihn, ob er mir so einen Schal machen würde, genauso einen, aber vielleicht in etwas anderen Farben ..."

Runa schob leise die Kassenschublade zu.

„Billy", sagte sie, „mit den Schals stimmt etwas nicht. Aber wenn sich das herumspricht, würde es mir sehr schaden. Bitte geh nicht zu Fibald! Er ist schon aufgebracht genug."

Billy zupfte an seinem Kinnbärtchen.

„Aufgebracht? Fibald?"

„Ja, Fibald", erwiderte Runa zornig. „Du ahnst ja nicht, wie *unangenehm* dieser Mann werden kann!"

„Nein, das ahne ich nicht“, erwiderte Billy. „Ist er nicht die Güte und Liebenswürdigkeit in Person?“

„Der?“, schnaubte Runa. „Er ist nichts weniger als ein fleischgewordener Dämon ...“ Sie bremste sich. „Das war natürlich eine Übertreibung. Der Stress, weißt du? Eigentlich ist Fibald genau wie du sagst. Nur musste ich drei Kundinnen mitteilen, dass sie ihren bereits reservierten Schal nicht bekommen. Und das begründe mal bei einem Objekt, das ja Glück bringen soll! Da kannst du nicht einmal behaupten, die Katze hätte den Schal gefressen.“ Sie versetzte der Kasse einen kleinen Schlag, wie eine ungeduldige Mutter einem ungehorsamen Kind. „Es ist alles *so* schlecht fürs Geschäft!“

„Ich habe es noch nicht ganz verstanden“, sagte Billy. „Was ist denn mit den Schals? Und weshalb ist Fibald schlecht auf dich zu sprechen?“

Runa klammerte sich links und rechts an ihrer Ladentheke fest. „Er sagt“, presste sie heraus, „dass ich nicht gut genug auf sie aufgepasst habe! Dass jemand sich daran zu schaffen gemacht hat! Dass er mir nie wieder irgendetwas liefern wird.“

„Aber was ist denn damit?“, fragte Billy noch einmal.

„Sie sind keine Glücksbringer“, rief Runa, nun endgültig von ihren Gefühlen überwältigt und offenbar den Tränen nahe. „Sie bringen Pech! Unglück! Sie machen genau das Gegenteil von dem, was sie sollen!“

„Sicher?“, fragte Billy.

„Ja, sicher“, fauchte Runa. Ihre Stimme bekam etwas Gehässiges. „Und das kann sich *Mr Edel und Gut* auch nicht leisten.

Wenn sich das rumspricht, ist er erledigt – *erledigt!*“ Ihre Schultern sanken. „Aber ich auch, jedenfalls leidet meine Glaubwürdigkeit.“ Sie sah Billy an und ihr schien aufzufallen, dass sie jetzt doch sehr mitteilsam gewesen war. „Einen Tee?“, fragte sie und ihre Stimme hatte wieder dieses Lockende und betont Fröhliche wie sonst.

„Keinen Tee, danke. Da es mit dem Schal nichts wird, gehe ich nach Hause und nehme ein schönes Bad.“

„Da hätte ich eine Bade-Essenz, die Eingebungen schenkt ...“

„Gerade eben möchte ich nur Wasser und meine Honigseife, danke. Bis nächstes Mal, Runa.“

„Bis nächstes Mal. Und bitte gehe wirklich nicht bei Fibald vorbei! Dieser Mann ist schon wütend genug.“

Druckerschwärze

Nexus fragte sich, weshalb Isabel unbedingt mit ihm nach Cambridge wollte. Bisher hatte sie ihn eindeutig nicht sonderlich gemocht und er sie auch nicht. Er hätte es bei weitem vorgezogen, stattdessen mit Miranda zur Druckerei aufzubrechen. Aber das hätte ja langsam ausgesehen, als würde er gerne in ihrer Nähe sein.

Absurd.

Und dafür hatte er jetzt diese hochnäsige Großhexe in Gestalt einer Minikatze an der Backe. Mit sehr viel Gemecker und Gezeter hatte sie akzeptiert, ein Brustgeschirr zu tragen, das er eigens für sieben Pfund im Tierladen erstanden hatte.

„Das oder ein geschlossener Tragekorb", hatte er gesagt. Und da hatte sie nachgegeben.

„Oh, wie niedlich ist *die* denn?", hatte der Verkäufer gefragt und ihnen ein Geschirr mitgegeben, das farblich zu Isabels Augen passte. Gab es sonst keine Probleme im Leben, als einer Katze farblich abgestimmte Accessoires auszusuchen?

Isabel marschierte damit neben ihm her, als würde sie *ihn* ausführen und nicht umgekehrt.

Im Bahnhof setzte er sie auf seine Schulter, um nicht ständig von Leuten angehalten zu werden, die Isabel streicheln wollten. Schließlich schob er sie sogar in seine Jacke, um endlich Ruhe zu haben.

Selbst der Schaffner war hingerissen von seiner Begleiterin und lobte Nexus dafür, an eine Leine gedacht zu haben.

„Ich sehe, Sie sind jemand, der Vorschriften begreift und sich daran hält."

Nexus schaffte es, nicht laut zu lachen. In jedem Fall gab es Leute, wie beispielsweise Inspektor Andrews, die das definitiv anders sahen.

Er holte sich einen Becher Tee und betrachtete gemeinsam mit Isabel die vorüberziehende Landschaft.

„Ja, ganz nett", sagte er und sie miaute.

Als er auf dem Handy nachsah, wie sie zur Druckerei kommen würden, schlief Isabel dann schon in seiner Armbeuge und Nexus wurde zum ersten Mal im Leben von jedem ringsum angelächelt. Na ja, die Katze letztlich. Nicht er.

Während der Zockelei dachte er dann wieder an seinen Fund der Hexenküche im Hinterhaus. Warum Gift, um Himmels Willen? Seine Mutter konnte unerträglich sein, aber dass sie vorhatte, viele Leute zu vergiften, konnte er sich nicht vorstellen. Wozu braute sie dann aber so viel von dem Zeug zusammen? Das waren vierzig oder fünfzig Reagenzgläser und Phiolen gewesen. Mindestens.

Und verschwunden war sie auch.

Hing das zusammen?

Wenn nicht, wäre das ja ein merkwürdiger Zufall.

Einen grässlichen Moment lang überlegte er, ob derjenige der die Hexen und Zauberer verschwinden ließ, nicht vielleicht der Gute in der Geschichte war. Jemand, der damit etwas sehr Schlimmes verhindern wollte.

Weshalb hatte er sich bloß die Liste der Namen auf der Innenseite der Schranktür nicht angesehen? Vermutlich, weil er so schockiert gewesen war.

Aber das würde bedeuten, dass Perry und Isabel in üble Machenschaften verstrickt waren, ebenso wie Rubio. Okay, bei Rubio konnte man sich das leicht vorstellen. Aber Perry? Nun, er war natürlich ein Alchemist, vielleicht in der Lage, selbst Gifte zu brauen ...

Und Isabel eine arrogante Ziege.

Reichte das, um ihr Mordlust zu unterstellen und letztlich die Teilnahme an einem Komplott? Während er das überlegte, merkte er, dass er sie die ganze Zeit mit der Fingerkuppe streichelte.

Er zog die Hand zurück und sie rollte sich enger zusammen. Ein Blick auf die hübsche Landschaft half auch nicht, ihn jetzt zu beruhigen. Er war nie jemand gewesen, der den Anblick von Büschen und Bäumen besonders toll fand.

Gesetzt den Fall, Isabel und Perry waren tatsächlich in etwas verwickelt und deswegen in Tiere verwandelt worden – dann durften sie nicht länger mitbekommen, was die Ermittlungen erbrachten.

Unwillkürlich dachte er daran, dass der Inspektor behauptet hatte, auf der Zunge von Tom Jinx sei ein Katzenhaar gefunden worden. Zwar kein weißes ...

Verflucht und verhext! Jetzt drehte sich das in seinem Kopf und die ganze Welt schien plötzlich voller Schurken.

Nur zu glaubwürdig letztlich.

Wenn er jetzt aber versuchte, Isabel irgendwo zurückzulassen, war das zu auffällig. Er musste sie mit in die Druckerei nehmen und jederzeit so tun, als würde er ihr vertrauen.

Oder immerhin genauso viel wie bisher auch.

Nein, diese Theorie war unsinnig. Isabel mochte heimlich eine Schurkin sein. Aber von Perry konnte er das einfach nicht glauben.

Sie erwachte und gähnte herzhaft, als sie in den Bahnhof von Cambridge einfuhren. Nexus stopfte sie wieder in seine Jacke. Nun also auf zu dem Ort, wo die verhängnisvolle Zeitung gedruckt worden war!

Auf dem Bahnsteig nahm er seinen Tabaksbeutel heraus und fischte in seiner Jackentasche nach den Zigarettenpapierchen, aber letztlich war es ihm jetzt zu umständlich und er wollte Isabel auch nicht den Rauch um die Ohren blasen.

Komisch. Seit diese Geschichte angefangen hatte, kam er einfach nicht zum Rauchen. Und erstaunlicherweise vermisste er es auch nicht so sehr, wie er angenommen hätte.

Die ganze Angelegenheit wirbelte sein Leben doch wirklich ordentlich durcheinander.

Wedelei

Perry umsprang Hakon, der ihn ignorierte und mehr an den vier Pfund interessiert schien, die Miranda ihm reichte.

„Ich hab alles oben wieder aufgeräumt“, berichtete er. „Bin dabei, die beschädigten Bücher zu reparieren. Und ihr scheint ja auch irgendwie viel beschäftigt. Wäre mir nicht aufgefallen, dass ihr früher so viel gelesen habt.“

„Wir haben doch erwähnt, dass wir versuchen, herauszufinden, weshalb so viele Hexen und Zauberer verschwunden sind“, erklärte Miranda.

„Ah, das“, sagte Hakon. „Und, wisst ihr schon was?“

„Leider nur wenig. Wir hoffen immer noch, in den Büchern etwas zu finden. Kennst du ein Buch, in dem es um Verschwinde-Zauber geht? Oder darum, Leute zu verwandeln?“

„Einige. Die stehen aber separat. Ist verboten, sie zu lesen.“

Miranda schien überrascht.

„Es gibt eine verbotene Sektion?“

„Also, das nicht“, sagte Hakon vage. „Ich hab sie nur zur Seite gestellt, weil es ja eben verboten ist, nicht wahr? Und bei dem sonderbaren Überfall, da sind auch ein paar davon verschwunden.“

„Das ist ja ärgerlich. Meinst du, wir könnten diese Bücher mal ansehen?“

Hakon schüttelte den Kopf.

„Nein, weil es ja verboten ist.“

„Ich weiß. Ich will aber nichts daraus hexen. Ich könnte es nicht einmal, nehme ich an. Ich bin schließlich nicht mehr als eine Wald- und Wiesenhexe. Aber ich suche ein Buch, das vielleicht erklärt, wie man die Verschwundenen zurückholen könnte."

„Verboten", beharrte Hakon, „bedeutet verboten. Wenn man da Ausnahmen macht, kommen alle mit einer guten Begründung und werden dann sauer, wenn ich sie nicht ranlasse."

„Ich verstehe. Aber du kennst die Bücher doch, Hakon. Ist da etwas dabei, das ich lesen würde, wenn es nicht verboten wäre? Weil darin die Lösung für das alles verborgen ist?"

„Für das alles", wiederholte Hakon. „Ich weiß ja nicht, ob es so ein alles tatsächlich gibt. Aber wenn es ums Verschwinden und Wiederauftauchen geht, fiele mir dazu von Magnus Pretorius *Das Buch der mächtigen Künste* ein. Ist aus dem Jahr 1902. Oder vielleicht *Liber Maledictum* von Agnes Leatherby aus dem Jahre 1856."

„Hat zufällig eins davon eine Pflanze auf dem Umschlag?", erkundigte sich Miranda.

Perry verstand von der ganzen Unterhaltung wenig. Um welch ein Buch ging es denn da und um welche Pflanze? Hakon schien aber sehr wohl zu wissen, wovon die Rede war.

„Pflanze?", fragte er. „Ja, auf dem Buch der mächtigen Künste ist der Umriss einer Königskerze."

Miranda rieb sich das Kinn.

„Und dieses Buch kann man nicht vielleicht einsehen, indem man irgendwo eine Erlaubnis einholt? Gibt es jemanden, der das erlauben könnte?"

„Nicht, dass ich wüsste“, sagte Hakon. „Möchtest du jetzt nach oben oder vielleicht ein Glas Sherry trinken?“

„Nach oben“, sagte Miranda und winkte Perry hinter sich her, die steilen Stufen hinauf.

Perry überholte sie und saß dann schwanzwedelnd vor der Tür.

Miranda öffnete sie aber nicht gleich, sondern sah sich um. Dann seufzte sie und ließ Perry in die Bibliothek.

Er schnüffelte.

Hier roch es leicht nach Schweiß, nach alten Büchern, Bakterien, die diese Bücher sehr langsam zersetzten, nach staubigem Teppichboden und ... nach Weisheit. Es roch, fand Perry, wie eine Bibliothek riechen sollte.

Er lief an den Regalen entlang.

Miranda folgte ihm langsamer.

„Was tun wir denn überhaupt?“, fragte sie. „Nachdem Hakon uns diese Information gegeben hat, wissen wir, dass es das Buch gibt, das wir suchen. Und wir ebenso, dass wir nicht herankommen. Was also machen wir hier?“

Perry wedelte kurz und suchte weiter die unterste Regalreihe ab. Dann holte Miranda das Quija-Brett aus der großen Einkaufstasche, die sie mitgebracht hatte, und legte es auf den Boden.

Perry kam zu ihr und er übermittelte ihr das Wort *Rezepte*.

„Was für Rezepte unter diesen Umständen?“

Perry musste sich sehr konzentrieren, um seine Pfote immer auf die richtigen Buchstaben zu legen.

„Habe Idee“, schrieb er nach und nach.

„Dann lass mich helfen und erkläre, was für eine Idee“, beharrte Miranda.

„K-l-e-i-n-e S-c-h-r-i...“

„Kleine Schritte“, bestätigte Miranda. „Nur wie sehen kleine Schritte aus, wenn man einen Zauber rückgängig machen will?“

„T-i-e-r-e.“

Miranda dachte kurz über das Wort nach und fragte: „Du möchtest es also von dieser Seite her aufziehen? Zauberbücher, die sich mit Tieren befassen? Das ist schlau, Perry.“

Und Perry wedelte natürlich. Er konnte nicht anders. Jedes Lob, jede Zustimmung forderte ein Wedeln.

Miranda lächelte und machte sich dann systematisch auf die Suche. Sie brachte jedes Buch, das sie entdeckte, und legte es auf den Boden, damit Perry leichter herankam. Schließlich lagen zwölf Werke auf dem klebrigen Teppichboden. Zwölf Werke, in denen es um Zauber mit Tieren ging. Miranda ächzte, setzte sich neben Perry und schlug ihm die Bücher auf.

Zauber, damit Ziegen mehr Milch geben

Ein Hex, um einen Papagei stumm zu machen

Wie man Hundefell weniger stinkend macht

Perry kratzte sich unwillkürlich. Dann ging ihm auf, dass er tatsächlich lesen konnte. Anders als das Zaubern, war ihm diese Fähigkeit nicht abhandengekommen.

Miranda gab ab und zu Schmerzlaute von sich, weil es für sie bestimmt eine sehr unbequeme Position war. Perry hätte da eine sehr wirksame Salbe für sie gehabt, wäre er nur in seine

Wohnung gekommen. Aber da er das ja nicht konnte, ließ er sie weiter und weiter blättern und wünschte, man hätte früher mehr Inhaltsverzeichnisse geschrieben.

Zauber, damit die Schafe mehr Wolle liefern

Zauber, damit der Hofhund Werwölfe vertreibt

Hex gegen Zecken

Perry hielt inne und prägte sich die Rezeptur ein. Ganz im Gegensatz zu Werwölfen waren Zecken nämlich auch heutzutage ein echtes Problem und seine Kunden würden eine Anwendung dagegen mögen.

Zauber, um einer Ratte ein lockiges Fell zu machen

Perry amüsierte sich über dieses Rezept, konnte aber nicht verhindern, dass er leise knurrte, als er das Wort *Ratte* las.

Miranda stand auf, rieb sich die Kniekehlen und setzte sich wieder, um dann das nächste Buch zu öffnen.

Perry schob es bald weg. Es war unsinnig und die Rezepte darin regelrecht gefährlich. Also schlug Miranda das dritte für ihn auf. Es war ein dünnes, unscheinbares Büchlein in mattem Dunkelgrün, verziert mit einer Taube, die kaum noch zu erkennen war. Das Buch musste in der Küche eines Alchemisten gelegen haben, denn es roch noch nach offenem Feuer, Lavendel, Essigsäure, Schwefel und Kreide. Perry schnüffelte.

Ja, Kreide.

Genau wie die beiden ersten hatte auch dieses kein Inhaltsverzeichnis und der Verfasser war als Stephen Worthington angegeben. Eine Jahreszahl gab es nicht.

Die ersten Rezepte darin beschäftigten sich damit, Weidevieh fruchtbar zu machen, Hühner zum Legen von mehr Eiern zu ermuntern und Ungeziefer aus Schränken fernzuhalten, sowohl solchen mit Lebensmitteln als auch solchen mit Kleidern und Bettwäsche.

Interessant. Das sah nach solider, ordentlicher Alchemistenarbeit aus, die Rezepte ergaben Sinn, die Mengenangaben ebenfalls.

Allerdings äußerte sich der Verfasser nicht zum Verschwindenlassen von Menschen oder der Verwandlung von Menschen in Tiere, beziehungsweise umgekehrt.

Miranda blätterte zur nächsten Seite.

Zauber, um mit Tieren vernünftige Unterhaltungen zu führen

Perry starrte die Überschrift an.

War es das?

War das die Lösung für einen Gutteil all ihrer Probleme?

Mr und Ms Coolidge

Die Druckerei lag mitten in Cambridge.

Das Haus trug ein Schild mit der Aufschrift:

Druckerei seit 1812

Die Eingangstür sah einladend aus, ließ sich aber nicht öffnen und eine Klingel gab es auch nicht. Vergilbt wirkende Druckerzeugnisse waren im einzigen Schaufenster ausgestellt, in dem ansonsten nur tote Fliegen herumlagen, die als Dekoration reichlich makaber wirkten.

Nexus hatte Isabel tief unter seine Jacke geschoben, weil das Wetter wirklich alles andere als angenehm war, und einem der Wind durch und durch ging. Jetzt spähte sie über den obersten geschlossenen Knopf hinweg und miaute.

„Ja“, sagte Nexus. „Aber hier muss es sein. Die Adresse stimmt und eine Druckerei ist es ja auch.“ Er pochte mit den Fingerknöcheln gegen das Glas der Tür, die innen mit blauem Tuch zugehängt war.

Auf dieses Klopfen hin kam niemand, um ihnen zu öffnen. Also ging er die drei Stufen wieder hinab und sah sich um. Zwischen dem Haus und dem benachbarten Gebäude gab es eine weitere Tür. Sie war unscheinbar, aus Holz und trug keine Beschriftung.

„Alles ein bisschen konspirativ“, murmelte Nexus. Er rüttelte an dieser zweiten Tür, die sich ebenfalls als verschlossen erwies und auch keine Klingel hatte. Ungeduldig geworden zog Nexus seinen Zauberstab und wollte die Tür aufhexen.

Er spürte schon, ehe er den Zauberspruch in Gedanken vollendet hatte, dass ein Gegenhex seine Bemühungen blockierte.

Irgendwo hinter der Tür gab es einen schrillen Alarmton.

„Okay, jetzt bemerken sie uns wenigstens“, sagte Nexus und steckte den Zauberstab weg. Als kurz darauf die Tür geöffnet wurde, erwartete Nexus irgendeinen bulligen Kerl oder einen verkniffen wirkenden Zauberer, doch es war eine ältere Dame um die Siebzig, komplett mit Strickkostüm, Mary-Jane-Schuhen und einer Brille an einem Goldkettchen.

„Ja, wer möchte denn da so dringend zu uns herein?“, fragte sie, sah zu dem wesentlich größeren Nexus auf und dann zu Isabel. „Und wer bist du denn, meine Süße?“

Nicht schon wieder eine Tierfreundin!

Na gut, aber immerhin wirkte er wohl mit einer kleinen weißen Katze in der Jacke vertrauenswürdig genug, um eingelassen zu werden. Die ältere Dame machte nämlich einen Schritt beiseite und erlaubte ihnen, den Hof zu betreten. Als sei das Geräusch vorher gedämpft worden, hörte er sofort das Arbeiten großer Maschinen. Die Holztür glitt ins Schloss.

„Ich bin Esther Coolidge und führe zusammen mit meinem Bruder William die Druckerei. Mit wem habe ich denn das Vergnügen?“

„Das ist Isabel. Und ich bin Nexus Somerleyton.“

„Oh, das ist aber fein. Janets Sohn! William! Janets Sohn ist hier!“

Das war es mal wieder. Seine Mutter hatte niemals irgendwen namens Coolidge erwähnt. Jetzt stand er wieder einmal da wie ein Depp.

Ein Mann mit abstehenden weißen Haaren kam durch einen Torbogen. Er trug einen blauen Anzug und hielt sich sehr gerade.

„Hallo!“, sagte er. „Was für eine Freude! Deine liebe Mutter hat ja so viel von dir erzählt!“

„Wirklich?“, hätte er am liebsten gesagt. „Von euch hat sie nichts gesagt.“ Doch da das wohl kaum den Beginn einer entspannten Unterhaltung abgab, lächelte er. „Das freut mich. Wie geht es denn so?“

„Prächtig, prächtig“, entgegnete William.

„Und schau die hübsche kleine Katze“, sagte Ms Coolidge.

Ihr Bruder begutachtete also ebenfalls Isabel.

„Zuckersüß. Dann kommt mal herein, ihr beiden und seid unsere Gäste!“

Nexus war etwas überfordert von der unerwarteten Freundlichkeit. Er wurde in ein Seitengebäude geführt, ein Kissen auf einem ohnehin schon weich gepolsterten Sessel platziert, er bekam Tee, Gebäck – noch warm – und Isabel wurde Sahne angeboten, die sie verschmähte, bis Nexus sie im selben Verhältnis mit Tee aus seiner Tasse aufgoss. Er nahm ihr das Führgeschirr ab, damit sie besser trinken konnte.

„Was bringt dich denn in unsere schöne Stadt, Söhnchen?“, fragte William dann. „Schickt dich Janet? Gibt es Schwierigkeiten?“

„Ja, es gibt Schwierigkeiten“, entgegnete Nexus. „Ihr habt

doch sicher auch schon mitbekommen, dass viele bedeutende Hexen und Zauberer verschwunden sind."

Ms Coolidge nickte.

„Selbstverständlich. Die Zeitung, die wir drucken, hat darüber ja ausführlich berichtet."

Nexus, der Zeitungen aus Prinzip nicht las, fragte: „Was ist denn euere Meinung?"

William tupfte mit der Fingerkuppe Krümel seines Früchteküchleins vom Teller.

„Tja", sagte er. „Es ist keine schöne Sache. Gar keine schöne Sache."

„So etwas gab es lange nicht", ergänzte Ms Coolidge.

„Richtig", knurrte Nexus. „Aber habt ihr Ideen, was dahintersteckt?"

„Dahintersteckt?", wiederholte William, als habe er darüber noch nicht eine Sekunde lang nachgedacht.

„Ja. Irgendetwas muss das ja ausgelöst haben." Nexus war stolz darauf, sich im Griff zu behalten, obwohl diese zwei alten Leutchen so tüttelig und wenig hilfreich waren.

„Das müssen andere herausfinden", sagte Ms Coolidge. „Wir betreiben hier nur still und zurückgezogen unsere geliebte Druckerei. Um uns eine Meinung bilden zu können, müssten wir all diese Leute ja kennen. In den letzten Jahren gab es immer wieder Gerüchte über ein Vordringen schwarzer Künste. Man munkelte Namen ..."

„Welche Namen?"

Sie überlegte.

„Also, wenn mir einer im Gedächtnis geblieben ist, dann wohl Rubio. Ein Magier mit unerfreulichen Neigungen zu schädlichem Zauber, wenn ich mich nicht irre."

„Ja, nur ist der auch weg", erklärte Nexus.

„Oh. Dann fiele mir noch Agnes ein, eine misslaunige alte Hexe, die immer schon eine Neigung zum Schabernack hatte."

„Schabernack?", fragte Nexus. „Würdet ihr das Verschwinden von Dutzenden von Großhexen und Magiern so nennen?"

„Nun ja", entgegnete William und trank Tee. „Sie werden ja wiederkommen, nicht wahr?"

„Das wissen wir nicht."

Nexus verzweifelte langsam an den Coolidges. Isabel schien es ähnlich zu gehen. Sie streifte in dem kleinen Wohnzimmer herum und miaute immer häufiger.

Ms Coolidge beobachtete sie mit dem Lächeln, mit dem manche Leute auch kleine Kinder ansahen.

„Die Süße."

Isabel ging an die Tür und miaute.

Ms Coolidge stand auf und ließ sie nach draußen.

„Aber jenseits dieser sonderbaren Geschichte, mein Guter", sagte sie dann zu Nexus. „Weshalb bist du hier? Was möchte deine Mutter, das wir tun?"

Fliegende Blätter

Isabel wäre am liebsten aus der Haut gefahren. Nur konnte sie als Katze gar nicht zum Ausdruck bringen, wie frustriert sie war.

Gab es denn tatsächlich solch naive und weltfremde Leute wie dieses Geschwisterpaar? Isabel machte sich die Vorteile des Katze-Seins zunutze und miaute an der Tür, bis sie in den Hof gelassen wurde. Dort sah sie sich systematisch um und spazierte dann in eine Halle, deren drei hohe Schiebetore alle offenstanden.

Drinnen ratterte, klackte und raschelte es ohne Pause.

Isabel sah beeindruckt zu den riesigen Maschinen auf, die im Sekundentakt bedrucktes Papier ausspien. Weiteres Papier stapelte sich an den Wänden und kleinere Maschinen fügten die Druckerzeugnisse zusammen, falteten sie und legten sie ordentlich aufeinander.

Es roch durchdringend nach Druckerschwärze und nach warmem Öl.

Isabel war so fasziniert, dass sie gar nicht bemerkte, dass hinter ihr jemand aufgetaucht war.

Eine Hand packte sie im Nacken.

„Na, was schnüffelst du hier herum?“

Isabel hing schreckensstarr im Griff der haarigen Hand. Der Mann, der sie hochgehoben hatte, trug einen Handwerkeroverall und dazu einen blauen Hexenhut.

Er betrachtete seinen Fang.

„Du bist kein Pixie“, stellte er fest, nachdem er in Isabels grüne Augen gesehen hatte. „Und auch nichts sonst aus den Büschen und Gräsern. Was bist du?“

Isabel miaute kläglich.

Dann kamen Nexus und die Coolidges vom anderen Gebäude und Nexus beschleunigte seine Schritte, als er Isabel hilflos im Griff des Zauberers in Blau hängen sah.

„Lass sie los! Sofort, oder es rappelt!“

Der Ton verfing. Isabel wurde losgelassen, stürzte dem Betonboden entgegen und brachte ganz automatisch die Beine unter den Körper, kam auf und kreischte empört.

„Nelson, sei doch bitte höflich zu unseren Gästen“, mahnte Ms Coolidge. „Das ist Nexus, der Sohn von Janet Somerleyton. Und die Katze gehört zu ihm.“

„Sie schnüffelte hier herum“, murrte der Mann namens Nelson.

Ms Coolidge sah entschuldigend zu Nexus.

„Nelson ist unser Mann fürs Grobe.“ Sie lächelte. „Also für die Wartung der Maschinen, das Austauschen der Papierstapel, das Nachfüllen der Druckerschwärze und all das, was wir alten Leutchen nicht mehr so gut können. Und nebenbei lernt er die alte Kunst des magischen Druckens. Irgendwann wird er die Druckerei einmal übernehmen.“

„Reizend“, knurrte Nexus. Er hob Isabel auf und setzte sie auf seine Schulter. „Wie wäre es mit einer Führung? Wo kommt das Papier her, wie setzt man es ein... gibt es am Ende eine Qualitätskontrolle?“

Nelson warf Ms Coolidge einen fragenden Blick zu und sie nickte.

In der nächsten halben Stunde lernte Isabel mehr über magisches Drucken, als sie jemals hatte wissen wollen. Sie gähnte. Da Nexus die Jacke ausgezogen hatte, legte sie sich schließlich in seinen Nacken wie ein Hörnchenkissen und schlief ein, während Mr Coolidge von den Vorzügen bestimmter Druckerschwärzen schwärmte.

Sie erwachte erst wieder im Wohnzimmer der Coolidges, weil es nach frisch aufgebrühtem Kräutertee roch. Nexus gab ihr davon reichlich in einen Unterteller, vielleicht deshalb so großzügig, weil er selbst ja kein Fan von Kräutertees war.

„Sehr spannend", hörte sie ihn sagen. „Mir war gar nicht bewusst, dass es gar keine normale Druckerei ist, die unsere Zeitung druckt, sondern eine magische."

„Das muss sie sein", erklärte Mr Coolidge. „Denn sonst würden wir es nicht schaffen, Leserinnen und Leser im gesamten Commonwealth zu versorgen. Dazu wäre eine Hinterhofdruckerei in Cambridge zu klein und zu wenig leistungsfähig."

„Und es fällt nicht auf, wenn dann Mengen von Zeitungen hier herausgeschafft werden?", erkundigte sich Nexus.

„Das beruht ebenfalls auf Magie", erläuterte William Coolidge, dem es sichtlich guttat, das mal ausführlich erzählen zu können. „Wir komprimieren die Bündel magisch und Eliza Witherspoon, die den Versand organisiert, hebt diesen Zauber am Knotenpunkt Ipswich wieder auf. Dort vermehren sich die Zeitungen also wieder um den Faktor zehn, erhalten magisch ihren

Empfängeraufdruck, und werden verschickt oder verschifft, je nachdem, wohin es von dort aus weitergeht."

„Womit wir wieder in Ipswich wären", sagte Nexus und warf Isabel einen bedeutsamen Blick zu. „Das alles ist wirklich interessant", sagte er zu William. „Wo sitzt denn dieser Knotenpunkt in Ipswich? Ich hatte bisher keine Ahnung davon, dass von da aus der Versand unserer Zeitung organisiert wird."

„Oh, du kennst sicher das esoterische Geschäft, das Runa dort betreibt. Die Abfertigung der Zeitung ist keine zwei Häuser weiter. In der Nummer dreizehn."

„Wie passend", sagte Nexus und nahm das Katzengeschirr von der Sessellehne. „Und ich glaube, wir zwei sollten jetzt doch mal wieder zurückfahren. Danke für den Tee und die interessanten Erklärungen!"

Babyschuhe

Billy war kein Rebell wie Nexus, aber manchmal tat auch er nicht, worum man ihn gebeten hatte. Besonders dann nicht, wenn er den Grund für die Bitte bemerkenswert fand.

Also kehrte er nach Hause zurück, badete und zog andere Kleider an, die aber ebenso farbenfroh waren, wie all seine Sachen, und lief dann über die Felder und an den Straßen entlang wieder nach Ipswich, die Kapuze über dem Haar und die Hände tief in den Taschen.

Eine halbe Stunde vor Ladenschluss betrat er den Wollladen der Somerleytons.

Billy war bisher nie hier gewesen, was daran lag, dass er nicht strickte. Ihm gefiel auf Anhieb das Farbspektrum der Wolle und der Stricksachen, die hier angeboten wurden. Er ging an Körben entlang, in denen sich ein bonbonbuntes Knäuel auf das andere stapelte.

„Kann ich helfen?“, fragte jemand freundlich.

Ein Zauberer, den Billy auf Ende fünfzig schätzte, stand von seinem Stuhl neben der Theke auf und kam zu ihm. Er hatte schönes weißes Haar, trug eine blau melierte Strickjacke zu einer passenden Jeans und darüber einen kurzen Rock aus graublauem Tartan. Sehr geschmackvoll, fand Billy.

„Kann ich bei der Auswahl helfen?“

„Hi. Ich bin Billy und wollte bei Runa einen der pink-gelben Schals kaufen. Und nun sagt sie mir, dass sie keine mehr hätte.

Und da ich sie wundervoll fand und gleich einen davon hätte kaufen sollen, dachte ich, ich komme her. Das erspart eine umständliche Kommunikation über Runa. Denn ich hätte gerne so etwas, gegebenenfalls auch in einer anderen Farbe."

Er sah, wie sich die Miene des Zauberers in Windeseile verdüsterte.

Es gab eine winzig kleine Gesprächspause. Doch dann war es, als würden Wolken weggezogen, die kurz das strahlende Antlitz der Sonne verdeckt hatten. Fibald lächelte warm und voller Wohlwollen.

„Hallo, Billy. Bist du womöglich jener Billy the Bee, der außerhalb der Stadt Bienen züchtet und Honigprodukte herstellt?"

„Bin ich", bestätigte Billy. „Ich liefere einiges davon an Runa und komme deswegen häufiger mal bei ihr vorbei. Und da habe ich mich in diese Schals verliebt. Es ist ja ungewöhnlich kalt diesen Winter. Wirklich blöd, dass ich nicht sofort einen gekauft habe. Meinst du, du könntest mir etwas ähnliches machen? Runa sagte, sie würden Glück bringen ..."

Diesmal war die Pause kürzer und das Lächeln wurde nur ein klein wenig matter.

„Ich mache zurzeit keine in dieser Art. Das tut mir sehr leid, Billy."

„Oh. Schade. Ich würde aber auch eine andere Art Schal nehmen. Oder eine Mütze. Hauptsache, der Glückseffekt ist enthalten. Ich nehme an, du strickst ihn buchstäblich mit hinein?"

Fibald zog seine Lesebrille bis ins Haar hinauf und betrachtete Billy.

Vielleicht mutmaßte er, dass hinter Billys scheinbar harmlosen Erkundigungen eine geheime Absicht steckte.

„Ja, den stricke ich hinein. Allerdings gibt es Phasen, da gelingen uns Dinge nicht wie gewohnt, bedingt durch das Wetter und andere Phänomene. Und ich befinde mich in einer solchen Phase, fürchte ich, Billy. Deswegen kann ich dich nur beraten, wenn du Wolle kaufen und selbst stricken möchtest."

„Oh. Das ist aber mehr als schade. Ich kann nämlich gar nicht stricken ..."

„Na, dem kann man ja abhelfen", verkündete Fibald leutselig. „Komm, wir suchen dir eine schöne Wolle aus, die gut über die Nadeln gleitet, schön dick, damit du schnell Ergebnisse siehst, und im Handumdrehen haben wir aus dir einen Anhänger unserer Kunst gemacht. Du wirst sehen! Hier, sieh mal! Ist da etwas für dich dabei?"

Billy konnte ja nicht gut behaupten, die Wolle gefiele ihm nicht. Fibald ermunterte ihn auch, sich nicht mit einem Schal aufzuhalten, sondern gleich einen einfachen Pullover zu stricken.

„Das bringt ein so befriedigendes Ergebnis", sagte er.

Bald stand Billy mit mehreren Knäulen einer dicken, teils seidig schimmernden Wolle da, die in den Farben einer Zitrone-Buttermilch-Eiscreme gehalten war, einem reinen, unschuldigen Weiß und einem aparten Gelb. Dazu bekam er Nadeln aus Holz, fast so dick wie seine kleinen Finger, eine Halterung, von der die Wolle sich schön abwickeln lassen würde, und kostenlos, wie Fibald betonte, ein auf ihn angepasstes Strickmuster. Er zeigte ihm auch, wie rechte Maschen gestrickt wurden.

„Ganz einfach, wie du siehst. Mehr ist für diesen Pullover nicht nötig. Wenn du an den Punkt kommst, ihn zusammenzuhäkeln, bringst du ihn vielleicht besser her und wir machen das zusammen. Und natürlich immer zwischendurch, wenn du ein Problem hast. Manchmal fällt einem eine Masche herunter oder es wird plötzlich alles schief ... Aber dir wird auf Anhieb etwas Schönes und Kuscheliges gelingen, da bin ich mir sicher."

Billy lief mit seinen Erwerbungen zur Kasse, bekam alles in eine Stofftasche gepackt und zahlte dann schockierende vierundvierzig Pfund.

„Die Nadeln und den Halter hast du ja künftig schon, dann wird es günstiger", erklärte Fibald. „Und natürlich hast du dich nicht für die billigste Wolle entschieden." Er warf einen anerkennenden Blick auf Billys Kleider. „Du gehörst zu den Menschen, die Farbe wagen. Das mag ich."

Billy hängte sich die Tasche um.

„Danke. Und ich hoffe, es ist ansonsten alles in Ordnung bei euch. Es sind ja interessante Zeiten. Hexen und Zauberer verschwinden ... Sogar Rubio soll fortgehext worden sein, hörte ich. Ich hätte ja gedacht, keiner könnte jemandem wie ihm etwas anhaben. Eher schon, dass er andere fortzaubert."

Fibald wirkte nur milde interessiert.

„Ich nehme an, das sind lediglich Häufungen singulärer Ereignisse. Hexen, die Urlaub nehmen, Zauberer, die nach London reisen, um etwas zu besorgen ..."

„Ist das noch der Stand der Diskussion?", erkundigte sich Billy. „Ich hatte den Eindruck, dass die magische Gemeinschaft einhellig besorgt ist. Erst heute Morgen habe ich erfahren, dass auch eine Hexe namens Helena Norrington als vermisst gemeldet wurde."

„Helena? So, so." Fibald machte auch jetzt keinen alarmierten Eindruck. „Sie ist ja oft unterwegs, selbst im Winter, um Kräuter zu holen oder einfach nur die Einsamkeit zu suchen. Tun wir das nicht alle ab und zu?"

Billy nickte, sagte aber: „Nexus hat gemeint, dass seine Mutter das Verschwinden all dieser Leute sehr wohl beunruhigend findet. Und er sagt auch, seine Mutter sei ebenfalls schon Tage fort, ohne dass er – oder sonst jemand – weiß, wo sie ist."

Fibald setzte sich auf den Stuhl neben der Kasse und nahm sein eigenes Strickzeug wieder auf. Er hatte etwas Zartviolettes auf den dünnen Metallnadeln.

„Janet ist häufiger unterwegs und hält sich selten damit auf, erst jedermann über ihr Woher und Wohin zu informieren. Das will nichts besagen. Und ich meine, Nexus ist doch gerade damit beschäftigt, ein paar Erkundigungen bezüglich dieser Verschwinde-Sache einzuziehen. Warum redest du nicht mal mit ihm selbst?"

Und er begann sehr schnell und merklich mühelos zu stricken. Fast wirkte es wie Hexerei, so schnell glitten die Maschen über die Nadeln, so schnell wuchs das violette Etwas, das wohl ein Kindermützchen werden würde.

Einkreisen und Beobachten

Es zischte. Kohlensäurebläschen stiegen in der Wasserflasche auf.

Inspektor Roe nahm ein Glas, schenkte ein und fragte ihre Kollegen: „Möchten Sie?“

Inspektor Andrews schüttelte den Kopf.

„Jetzt nicht, danke. Ich würde gerne die gemeinsame Angelegenheit besprechen.“ Er wies auf die junge Frau neben sich. „Das ist Seargent Walters. Sie unterstützt mich im Fall Thomas Jinx. Und wir sind beide begierig, von Ihnen zu hören, was Sie über das Ipswich-Trio in Erfahrung gebracht haben.“ Er lächelte schmallippig. „So nennen wir sie intern. William Charles, Nexus Somerleyton und Miranda Valentine.“

Inspektor Roe grinste.

„Das Ipswich-Trio? Das gefällt mir. Und ich weiß nicht, ob ich Sie da weiterbringen kann. Aber interessant sind die drei allemal. Mr. Charles züchtet Bienen und verkauft Honig. Soweit wir feststellen konnten, ist daran nichts Ungewöhnliches. Ms Valentine firmiert als spirituelle Beraterin, was eindeutig schon weniger seriös klingt.“ Inspektor Roe sah auf ihre Notizen. „Es gibt allerdings keine Beschwerden über sie, keine Klagen, dass sie Leute ausnimmt oder so etwas. Und Nexus Phillip Ambrosius Somerleyton – nun, er ist der Sohn der Wollhändlerin Janet Somerleyton, einer Stütze der Gemeinschaft und Wohltäterin. Ihr verdanken wir unter anderem die Restauration des Kirchturms. Sie steht mit ihrem Sohn nicht in engem Kontakt und ich hörte andeutungsweise, dass sie ihn für ... na, letztlich für einen Versager hält. Kein Studium, keine Berufsausbildung, zeitweise mal hier und da beschäftigt, um Getränke zu liefern oder Paletten herumzufahren. Das ist Jahre her. Seitdem gibt es kleine Einkünfte als *Nexus der Magier.*“ Sie schob Andrews einen Ausdruck zu. „*Die Kunst des Kartenschlagens. Sigillen-Magie als Weg zu Wohlstand und Erfolg.* Die Kurse werden moderat gebucht und er versteuert ein Einkommen von unter 16.000 Pfund im Jahr.“

„Diese Wohlstandsmagie sollte er dann wohl selber mal anwenden“, bemerkte Andrews. „Er wirkt abgerissen. Ich hatte den Eindruck, dass die Valentine ihn durchfüttert. So gesehen gibt es keine Anhaltspunkte für ein illegales Zusatzeinkommen.“

Seargent Walters meldete sich zu Wort: „Aus unserer Sicht geht es aber auch nicht um solche Dinge wie Betrug oder Scharlatanerie, sondern eher um parareligiöse Überzeugungen, möglicherweise Feindschaften, Rivalitäten oder sowas. In Zirkeln von Leuten, die sich als Magier und Hexen bezeichnen. Emotionen, nicht Geld.“

Inspektor Roe nickte zustimmend.

„Ja, das ist auch unser Ansatzpunkt. Es kommt zwar nicht oft vor, aber man weiß, dass Sekten und exotische religiöse Gemeinschaften manchmal von jemandem mit Charisma übernommen werden, der dann sonderbare und gefährliche Idee propagiert. Selbstmordpakte, Vorbereitungen auf Raumschifflandungen von Aliens ... solche Dinge.“

Inspektor Andrews nahm jetzt doch Wasser und trank es wie

Whiskey, ließ es im Glas kreisen und wirkte gedankenverloren, als er murmelte: „Raumschifflandungen."

„Auf solche Ideen innerhalb der Gruppe haben wir keine Hinweise", beeilte sich Inspektor Roe zu sagen. „Eher wirken die Beteiligten relativ bodenständig. Aber alle haben wohl Altäre und esoterisches Zubehör. Sie kaufen es bei einer Händlerin nahe der Hauptstraße, einer Runa Stanfield, die nach unseren Informationen ihre sechzigtausend Pfund im Jahr umsetzt."

„Sie sind gründlich in Ihrer Überprüfung des Umfelds", lobte Andrews. „Auf Ms Stanfield sind wir auch gestoßen. Allerdings gab es keine Verdachtshinweise. Sie bezieht aber als magisch bezeichnete Objekte von einigen der Beteiligten, unter anderem von William Charles, der in diesen Kreisen als *Billy the Bee* bekannt ist."

„Und von Menschen aufgesucht wird, die sich Voodoo-Zauber von ihm erhoffen, ja."

„Ich hörte, es heißt eigentlich Hoodoo", bemerkte Seargent Walters.

„Er selbst nennt es Voodoo und Ms Stanfield auch. Letztlich kommt es auf eines heraus: Die Beteiligten glauben entweder an Hexerei oder tun so, um ihre Klienten anzuziehen. Es sind uns keine Fälle bekannt, wo einer von ihnen versucht hätte, jemandem so richtig das Fell über die Ohren zu ziehen. Für mich ist es spannend, wie viele solcher Personen es in unserer Stadt gibt. Offenbar lässt es sich davon leben – bescheiden, aber immerhin."

„Ja, das macht uns ein wenig Sorgen", sagte Andrews. „Denn

nachweislich verschwinden ja Mitglieder dieser Gruppierung. Es steht zu befürchten, dass noch nicht alle Betroffenen schon von jemandem als vermisst gemeldet wurden. Der Kreis könnte sich also sukzessive erweitern. Das stemmen wir bald personell gar nicht mehr. Daher bin ich für eine enge Kooperation dankbar, Inspektor Roe. Denn die Frage, die uns gerade beschäftigt, macht das Ganze ein wenig beunruhigend: Was, wenn all diese Personen verschwunden bleiben? Was, wenn sie wie Thomas Jinx ums Leben gebracht wurden?“

Inspektor Roe nickte.

„Es ist bisher nicht auszuschließen. Und wenn sich das auch nur teilweise als wahr erweisen sollte, haben wir hier bald auch noch die Presse auf der Matte stehen. Nicht nur das lokale Blatt.“

Behelfslabor

Miranda hatte ihren Wohnzimmertisch abgeräumt.

Alle anderen Möbel waren ein Stück fortgeschoben worden, damit sie keinen Schaden nahmen.

Auf der Tischplatte drängte sich allerlei provisorisches Zubehör. Sie hatten es nicht gewagt, in Perrys Wohnung einzubrechen, um die Profiausrüstung zu holen.

Jetzt lagen auf dem Tisch also Kaffeefilter und Teesiebe. Sauber gespülte Gläser und Tassen standen eng beieinander. Miranda hatte einen Campingkocher erstanden und wusch gerade Löffel, eine Bratengabel und andere Besteckteile ab, weil Perry ihr signalisiert hatte, dass alles so sauber wie möglich sein sollte. Am besten sterilisiert.

Mirandas gesamter Vorrat an Kräutern und anderen Zutaten wartete darauf, eingesetzt zu werden.

Doch losgehen konnte es noch lange nicht.

Es fehlte an wichtigen Ingredienzien.

Leicht zu beschaffen waren je ein Katzen- und ein Hundehaar, eine Taubenfeder hatte Miranda aber nicht daheim, genauso wenig wie eine Krähenfeder oder die sieben Karpfenschuppen, die das Rezept vorsah. Sie zu beschaffen, würde aber durchaus gehen, da war Miranda sicher.

Nur wie sah es mit dem Schwanzhaar eines Rehs aus? Oder der Asche eines Tierlexikons? Na ja, das konnte sie kaufen und verbrennen.

Die inneren, zarten Flügel eines Marienkäfers waren eine Zutat, die jetzt im Winter schwer zu finden sein würde, und Miranda war keinesfalls bereit, einen solchen Käfer eigens umzubringen.

Außerdem musste man eine Ziege über ein Blatt einer Kornelkirsche lecken lassen und es dann binnen vierundzwanzig Stunden verwenden. Miranda bezweifelte, dass Ziegen über irgendetwas leckten, das sie auch gleich herunterschlucken konnten. Und einer Ziege etwas abzunehmen, bedeutete vermutlich, gebissen zu werden.

Es gab noch weitere kuriose Zutaten.

„Ich hoffe, das funktioniert auch, wenn wir das alles beisammenhaben", murmelte sie.

Perry wedelte dazu. Er bellte weniger, wirkte aufmerksamer und irgendwie ... würdig. Als habe ihm die Aussicht, alchemistische Werke zu vollbringen einen Teil seiner Zuversicht zurückgegeben. Seine ganze Haltung hatte sich verändert.

Mirandas größte Sorge war die allerletzte Zutat.

Dabei handelte es sich nämlich um ein Stückchen einer Buchseite. Der Seite 43, um genau zu sein. Und das Buch, das dafür verlangt wurde, war *Das Buch der mächtigen Werke* von Magnus Praetorius, eins der beiden Bücher, die Hakon ihr genannt hatte.

Und damit war es eins, das zu den verbotenen Schriften gehörte. Sorgsam weggeräumt von Hakon und beschützt von den mächtigen Zaubern der Bibliothek.

Wie sollten sie an dieses Buch herankommen?

Schal, Schal, Schal

Nexus riss der Geduldsfaden.

Er hatte mehrmals versucht, bei dem Zeitungsvertrieb eingelassen zu werden. Vergebens. Er hatte starke Schutzzauber gespürt, sie aber nicht durchdringen können. Und auf sein Klingeln hin war ihnen nicht geöffnet worden.

Nexus rieb sich die kalten Finger.

Außer Tee und Kuchen hatte er nichts im Magen. Und Isabel auch nicht. Sie lugte wieder einmal über den Verschluss seiner Jacke hinweg, die Ohren nach hinten geklappt.

Seit einigen Minuten regnete es leicht und die Straßen und Gehwege wurden seifig, weil die Temperatur ziemlich genau bei null Grad lag.

Da er ja jetzt nur zwei Häuser von Runas Geschäft entfernt war, stürmte er also jetzt dorthin, zog die Tür auf, was einen Schwall kalter Luft eindringen ließ, und stapfte bis zur Ladentheke.

„Wer hat die ersten beiden Schals gekauft?“, fragte er laut. Runa sah ihm halb verwundert, halb empört entgegen.

„Was möchtest du, Nexus? Wovon redest du?“

„Von den verdammten Schlauchdingern, die Fibald gestrickt hat.“

Sofort wirkte Runa vorsichtig.

„Ich habe sie nicht mehr im Sortiment ...“

„Das interessiert mich nicht! Ich will wissen, wer die ersten beiden Käufer waren. Den dritten Schal hat Miranda gekauft. Das hast du ihr selbst gesagt. Wer besitzt den ersten und wer den zweiten?"

„Ähm, das sind persönliche Daten von Kunden, die ich nicht herausgeben kann, ..."

„Du kannst", behauptete Nexus. „Weil man nämlich versucht hat, mich mit einem von den Dingern umzubringen. Und wenn du nicht sagst, wem du sie verkauft hast, komme ich mit der Polizei wieder."

Das war glatt gelogen, denn Nexus hatte nicht vor, die Ordnungshüter der Stadt noch weiter auf sich aufmerksam zu machen. Doch er wusste, wie besorgt Runa um den Ruf ihres Geschäfts war.

„Umzubringen? Mit einem Schal?", fragte sie.

„Ja, umzubringen. Details spielen jetzt keine Rolle. Zier dich nicht länger, sondern sag mir, wer die Käufer waren!"

Runa bewegte sich langsam seitlich von der Kasse weg. Ihre schlanke Hand tastete nach etwas unter der Theke.

„Wage es nicht", riet ihr Nexus. „Wirf mir keinen Hex an den Kopf! Das kannst du mit sonst wem machen, aber nicht mit mir."

Runa zog die Hand wieder hervor.

„Ich werde geschäftliche Nachteile erleiden", klagte sie. „Die Leute verlassen sich darauf, dass ich nicht herumtratsche, was sie bei mir kaufen."

„Und das sieht man nicht vielleicht auch so, wenn derjenige einen pink-gelben Schal um den Hals trägt?"

Runa überlegte.

„Also, du hast das nicht von mir …"

„Sondern vom Weihnachtsmann! Natürlich wissen die dann, von wem ich das habe, wenn ich da vorbeischaue."

„Das wirst du doch nicht tun!"

„Doch, das werde ich. Und jetzt sprich!"

Runa, die halb ängstlich, halb wütend wirkte, riss ein Blatt von dem Notizblock neben ihrer Kasse und warf dabei einen Stapel mit Motivationskärtchen um. In großen Buchstaben schrieb sie: *Seraphina Faucet/Patrick Sullivan.*

Sie hielt Nexus den Zettel hin.

„Da", sagte sie patzig. „Adressen habe ich keine."

Nexus nahm das kleine Stück Papier.

„Danke. Und bis die Tage."

Er verließ den Laden und Isabel maunzte.

„Ist das Kritik oder Zustimmung?", fragte er und natürlich konnte sie daraufhin wieder nur miauen. Er vergewisserte sich, dass sie nicht aus seiner Jacke nach unten durchrutschen konnte und sah dann nochmal auf den Zettel.

„Fangen wir mit Patrick an! Den kenne ich nämlich persönlich. Ein Yoga-Lehrer, der mit mir im selben Gemeindehaus Kurse gegeben hat. Ein ungemein dämlicher Bursche, aber geschmeidig wie eine …" Er grinste verhalten. „… ja, wie eine Katze. Ich wette, der könnte persönlich jede Stelle seines Körpers ebenso putzen wie du."

Diesmal klang Isabels Miauen vorwurfsvoll.

„Oh, entschuldigen Sie, vornehme Lady", sagte Nexus und

strich ihr mit dem Finger über das Köpfchen. „Ich weiß auch, wo er wohnt, nämlich neben dem Käseladen. Er hat mir selbst erzählt, wie ihn dieser Geruch wahnsinnig macht."

Er lief also die vielleicht sieben oder acht Minuten, klingelte bei Sullivan und musste feststellen, dass da wieder einer ausgeflogen war. Vielleicht hatte er irgendwo einen Kurs zu geben. Verschwunden war er vermutlich nicht, denn er hatte ja noch nach dem 13. den Schal bei Runa erstanden.

„Mist", sagte Nexus zu Isabel. „Und diese Seraphina kenne ich nicht persönlich. Sie ist aber in jedem Fall eher alt. Da fragen wir Miranda. Die wird ja längst wieder zu Hause sein, nehme ich an."

Er trug die Katze also zu Mirandas Wohnung und als die Hexe ihnen öffnete, war es ein bisschen wie Heimkommen, zumal ihm sofort Tee und etwas zu Essen angeboten wurden und Perry wedelnd um ihn herumwuselte.

„Ist ja gut." Nexus betrachtete den Wohnzimmertisch. „Warum räumst du jetzt deine Schränke aus, Miranda?"

„Wir improvisieren ein Labor", erklärte sie. „Essen gibt es deswegen in der Küche. Billy ist auch gerade gekommen und so können wir unsere Ergebnisse austauschen und neue Pläne schmieden."

Es gab Gemüseauflauf in Käsesoße und kaum war er serviert, wurde es erst einmal still in der Küche. Isabel hatte ihren eigenen Teller mit etwas mehr Soße bekommen und für Perry war eigens nochmal Hühnchen aufgewärmt worden. Nexus fragte: „Ist das Hühnchen in dem Topf da?" Miranda gab ihm daraufhin kommentarlos einen Löffel Hühnchen auf den Auflauf. Das ließ Nexus zufrieden schweigen und essen.

Aber schließlich war alles Geschirr blank geputzt und Billy bedankte sich für das ausgezeichnete Mahl.

„Gern", erwiderte Miranda schlicht, räumte ab und Nexus bot sich an, abzutrocknen. „Mach das", sagte sie. „Und derweil hör dir an, was Billy zu berichten hat."

Billy erzählte also von seinem Besuch bei Runa und Nexus knurrte: „Da war ich auch. Und im Gegensatz zu dir, hab ich ihr die Namen aus der Nase gezogen. Dafür hat sie mir nichts von Fibald erzählt. Ich schätze mal, was sie sagt, beweist nur, dass ich diesen Mann zurecht nicht leiden kann."

Billy ergänzte das daraufhin mit einem Bericht seines Besuchs im Wollladen.

„Irgendetwas stimmt da also nicht", bemerkte Miranda. „Aber geht es nur mir so, oder fehlen irgendwie die Zusammenhänge? Deine Mutter kocht Gifte, Fibald scheint Probleme damit zu haben, seine Magie auf die Wolle zu übertragen, Hexen und Zauberer verschwinden ..."

„Ja, und die zwei älteren Leutchen, die die Zeitung drucken, sind zwar nett, aber ansonsten völlig nutzlos", ergänzte Nexus und stellte einen nur halbgetrockneten Teller auf den Stapel. Das Geschirrtuch lag kurz darauf unbeachtet daneben und Nexus erzählte von dem unverschämten Kerl, der Isabel so grob hochgehoben hatte, und von dem Hinweis auf die Distribution der Zeitung von Ipswich aus.

Billy nickte anerkennend.

„Da sind wir doch schon ein Stück weiter. Und es macht es leichter und schwieriger zugleich.“

„Wie das?“

„Na, wir hätten eine Fahrt nach Cambridge vielleicht nachvollziehen können. Aber derjenige oder diejenige musste ja offenbar gar nicht dorthin. Anscheinend ist der Dreh- und Angelpunkt der ganzen Sache tatsächlich Ipswich. Es mag beinahe überall in der Welt passiert sein, aber hier hat es seinen Anfang genommen. Irgendwer hat hier die Zeitung behext, ehe sie verschickt und verschifft wurde.“

„Ja“, erwiderte Nexus grimmig. „Und von hier aus werden wir das verdammte herumgerollte und verknotete Knäuel aus Hinweisen auch wieder aufrollen!“

Haar vom Bürzel

Nun war auch Miranda dran, von ihren Ergebnissen zu berichten.

„Mit Tieren sprechen?“, fragte Nexus. „Ich dachte, wir wollen etwas, das den Zauber rückgängig macht.“

„Ja, du nie zufriedener Kerl! Mit Tieren sprechen. Denn das erleichtert es ungemein, mit Isabel und Perry zu kommunizieren und es hilft uns ganz bestimmt, die anderen Tiere zu finden: den Dachs, die Katze mit zwei Schwänzen und ...“

„... den Vogel mit den feucht-dunklen Augen, ich weiß“, ergänzte er. „So viel konnte selbst ich mir merken. Und wegen mir brauen wir das Zeug. Nur wo kriegen wir relativ flott all die Zutaten her? Runa kann uns da vermutlich wenig liefern. Sie hat nur das moderne, saubere Zeug, das man im Großhandel kriegt. Keine Tierhaare und auch keine echten Federn.“

„Und schon gar nicht das Buch“, sinnierte Billy. „Für mich sieht das nach dem größten Problem aus. Wie bringen wir Hakon dazu, uns ein Stück von Seite 43 wegschneiden zu lassen?“

„Gar nicht“, prophezeite Nexus. „Und da die Bibliothek sich selbst schützt, kriegen wir so richtig eine ab, selbst wenn wir ihn austricksen und an das Buch herankommen. Oder glaubt ihr, die Bibliothek lässt es ungestraft, wenn man das Verbotene nicht nur liest, sondern auch noch beschädigt?“

Das führte erst einmal zu längerem Schweigen und Miranda machte Tee. Als alle eine Tasse guten Ceylon Broken vor sich stehen hatte, sagte sie: „Wir teilen das in kleine, überschaubare Schritte auf. Ich führe eine Liste. Nexus, du nimmst jetzt ein Katzen- und ein Hundehaar und tust es in je einen Gefrierbeutel und beschriftest es. Ich mache schon mal zwei Häkchen."

„Wenn du dich dann besser fühlst", ätzte er. „Aber der Rest wird weniger schnell gehen, was meint ihr?"

„Schritt für Schritt", wiederholte Miranda. „Billy kauft ein Tierlexikon."

„Ich besorge auch eine Tauben- und eine Krähenfeder", sagte Billy.

„Und ich darf dann wohl einem Reh am Schwanz zupfen", murrte Nexus, während er sich vorbeugte und Perry ein Haar aus dem langen Fell zog.

„Nein, das mache ich ebenfalls", sagte Billy. „Es gibt in der Nähe meiner Bienenstöcke eine Futterstelle für Wildtiere. Da ich oft dort hinkomme, sind die Tiere da nicht sehr scheu und ich denke, ich kann das Haar beschaffen."

„Was bleibt mir dann also?"

„Wie wäre es, wenn du Hakon das Buch abschwatzt oder stiehlst?"

„Ich sehe schon, wie hier die Aufgaben verteilt sind."

„Du hast gefragt", sagte Billy friedlich. „Aber wir können das auch bis zum Schluss aufheben und es zu dritt versuchen."

In diesem Moment sprang Isabel von der Spüle auf den Küchentisch und stellte sich vor Nexus.

„Ich glaube, hier meldet sich jemand freiwillig, mit dir die Bibliothek zu überfallen“, bemerkte Billy.

Isabel erwiderte seinen Blick hoheitsvoll.

„Okay“, sagte Nexus. „Da wird die Großhexe Isabel aber mehr beisteuern müssen als ein Miau, nachdem, was wir dort schon an Magie gesehen haben. Irgendeinen Trick, einen Spruch, den ich verwenden kann.“

Isabel stieg auf das Quija-Brett und übermittelte: „I-m-p-r-o...“

„...visieren“, vollendete Nexus das Wort. „Also wie immer eigentlich. Na, schön.“ Er bat Miranda um eine zweite Tasse Tee. „Aber zuerst gehe ich nochmal zu Patrick. Und kennt jemand diese Seraphina Faucet?“

Billy nickte.

„Sie wohnt in meiner Nähe. Eine sehr betagte alte Hexe, die meine Bienengiftsalbe gegen Arthritis sehr gerne mag. Wenn die dir den Schal über die Augen gezogen und dich vor ein Auto gestoßen hat, würde ich sagen: Respekt! Zumal sie mehr als einen Kopf kleiner ist als du.“

„Das ließe ja nur Patrick. Gut. Meint ihr, wir könnten mal ein paar Stunden schlafen? Oder drängt die Zeit so, dass wir lieber jede Stunde nutzen sollten?“

„Wir wissen es nicht“, sagte Miranda. „Aber ausgeschlafen, geduscht und frisch eingekleidet macht man überall eine gute Figur.“

„Soll heißen, ich müffele?“, beschwerte sich Nexus.

Miranda lächelte.

„Soll heißen, dass du fix und fertig aussiehst. Geh heim und schlaf dich aus! Morgen retten wir dann gemeinsam die magische Welt!“

Seraphina Faucet

Inspektor Celia Roe musste den Kopf einziehen, um unter dem niedrigen Türsturz hindurchzukommen. Das Häuschen sah aus, als stünde es hier mindestens seit den Zeiten Cromwells. Und das stimmte vielleicht sogar.

Die alte Frau, die ihr aufgemacht hatte, sah kaum jünger aus als ihr Häuschen: gebeugt, mit dünnem Haar und sehnigen Händen. Das Gesicht zeigte zahlreiche Runzeln, wie ein zu lange gelagerter Apfel.

„Willkommen, willkommen“, sagte sie mit brüchiger Stimme. „Ich freue mich immer über Besuch. Manchmal kommt ja der liebe Billy, um nach mir zu sehen, aber sonst verirrt sich kaum jemals irgendwer hierher.“

„Ich bin Inspektor Roe“, erklärte Celia. „Wir ermitteln in Fällen von Verschwinden und ich wollte Ihnen gerne einige Fragen stellen, da Sie die Nachbarin von Mr Charles sind.“

„Von wem?“, fragte Ms Faucet.

„Von Billy.“

„Ah, so. Der gute Junge. Ein bisschen gemächlich für einen so jungen Mann, aber das Herz auf dem rechten Fleck. Und eine Hand für die Bienen hat er auch. Kommen Sie, Inspektor. Ich mache Ihnen eine schöne Tasse Schokolade bei dem elenden Wetter!“

Celia folgte ihr in ein stickiges kleines Wohnzimmer, das absolut in einen Film über Hexen gepasst hätte. Es stand sogar ein Reisigbesen an der Wand. Ansonsten gab es bestickte Kissen auf einem uralten Sofa, herabhängende Blumentöpfe, Kräutersträuße und eine offenstehende Vitrine mit Halbedelsteinen.

Ms Faucet winkte sie mit sich in die noch kleinere Küche, die ebenfalls passend mit weiteren trocknenden Kräutern ausgestattet war und ansonsten vorsintflutlich wirkte, samt Kohlenofen und zusammengestückeltem Mobiliar. Ms Faucet holte eine Kanne Milch aus einer Speisekammer und eine Tüte Discounter-Trinkschokolade aus einer Schublade, machte das Getränk und stellte Celia schließlich einen angeschlagenen Keramikbecher hin.

„Wohl bekomm's."

„Danke." Celia hatte den angebotenen Platz an dem kleinen Küchentisch mit der Wachstuchdecke akzeptiert und nahm nun den Becher in beide Hände. „Haben Sie etwas vom Verschwinden mehrerer Leute in Ipswich gehört?", fragte sie.

„Sicher, Liebes", sagte Ms Faucet. „Wer hat das nicht gehört."

„Kennen Sie möglicherweise einige der Verschwundenen?"

Ms Faucet nickte.

„Alle. Natürlich."

„Wieso natürlich?", erkundigte sich Celia verblüfft.

„Wenn man so alt ist wie ich, kennt man sie alle", sagte Ms Faucet. „Und um manche ist es nicht schade, wie um den Nichtsnutz Rubio."

„Rubio?" Das wurde ja interessant! Wer war das? Celia hatte den Namen noch nie gehört.

„Ja, Rubio. Ein egoistischer, eingebildeter Gernegroß, der meint, die Welt hat nur auf ihn gewartet. Dabei ist er nichts als ein schlecht erzogener Junge, der aber inzwischen erwachsen ist, und es besser wissen sollte."

„Wie heißt er mit Nachnamen?"

„Keine Ahnung. Jeder kennt ihn nur mit seinem Übernamen. Rubio. Der Rote. Soll vermutlich beeindruckend klingen." Sie lachte heiser. „Und Janet? Nun, ich weiß nicht, ob sie verschwand, weil es jemandem so passte, oder ob sie selbst es vorzog, abzuhauen, ehe jemand sie forthext. Sie hatte immer schon einen guten Selbsterhaltungstrieb. Damals, am Ufer des Orwell, als der ..."

„Reden wir doch über heute", bat Celia und nahm einen Schluck von der überraschend trinkbaren Schokolade. „Meinen Sie zufällig Janet Somerleyton?"

„Ja, genau die."

„Ich wusste nicht, dass auch sie vermisst wird."

„Weg ist sie jedenfalls", sagte Ms Faucet. „So wie Helena und der Alchemist Perry. Und natürlich Isabel, die feine Großhexe. Jeder, der etwas vorhat, musste sie selbstverständlich als erstes verschwinden lassen."

„Weshalb?", fragte Celia, die sich zunehmend überfordert fühlte von all diesen Informationen.

„Sie ist die einzige Großhexe von Ipswich. Wenn jemand etwas Böses umsetzen will, dann muss er sie aus dem Weg haben. Also verschwand sie."

„Isabel Bowles?", vergewisserte sich Celia.

„Ja, das zarte Püppchen", lachte Ms Faucet. „Die junge Generation hat es ja mit dem Ätherischen. Yoga. Selbstfindung. All der Zinnober. Aber dumm ist sie nicht. Ganz im Gegensatz zu Helena, die ja oft nicht wusste, wo beim Besen vorn und hinten ist."

Celia nickte, obwohl sie gerade nicht sehr viel verstand.

„Was glauben Sie denn, was aus diesen Leuten wurde?"

Ms Faucet zuckte die Achseln.

„Weggehext. Vielleicht für immer, vielleicht nicht."

„Tot?"

„Vielleicht." Ms Faucet kippte den Rest Schokolade aus dem Topf in eine Tasse mit Blümchenmuster und trank sie herunter. „Wer kann das schon sagen?"

„Kannten Sie auch Mr Jinx?", tastete sich Celia vorwärts.

„Selbstverständlich. Wir kannten uns seit Jugendtagen, auch wenn er Jahre jünger war. Große Anlagen, aber am Ende nur ein Haufen Matsch im Kopf. Sehr schade."

„Weshalb glauben Sie, fand man seine Leiche und er wurde nicht ... fortgehext?"

„Er hatte Alzheimer", entgegnete Ms Faucet prompt. „Da wirken Zauber anders. Das, was ihn treffen wollte, blieb auf halbem Weg stecken und brachte sein Herz zum Stehen. Oder er hat seine Kräuter falsch gemischt und sich so selbst unbeabsichtigt umgebracht. Er war wirklich schon ziemlich über den Jordan, der Ärmste."

„Er hat sich vergiftet, meinen Sie das?"

„Sie sind die Polizistin und müssen das besser beurteilen können als ich alte Frau. Aber Tom Jinx, über den müssen Sie wissen, dass er zahlreiche Geheimnisse hatte. Die meisten davon kannte er selbst nicht mehr, eben, weil er krank war. Man kann halt nicht Jahre mit Blei und Quecksilber herumspielen, ohne das Gehirn zu zerstören. Aber er war mal ein Großer der Zunft. Er sammelte magische Gegenstände, Zauberbücher und handschriftliche Notizen von allergrößtem Wert. Tragisch, zwischen all dem Zeug zu sitzen und sich selbst nicht helfen zu können. Meinen Sie nicht?"

Celia stellte ihre Tasse ab.

„Magische Gegenstände und Zauberbücher? Wir haben nur ein paar Kriminalromane bei ihm gefunden. Und einen Ring."

Die alte Ms Faucet kratzte sich an der Nase.

„Keine Amulette, Pendel, Steine? Keine Katze aus Obsidian?"

„Nein, nichts dergleichen."

„Tja, also, Liebes", sagte Ms Faucet. „Dann würde ich doch nochmal darüber nachdenken, wie er starb, und ob er nicht ermordet wurde. Denn als ich ihn vor sechs Wochen besucht habe, war das alles noch da. Und Tom hätte niemandem irgendetwas von diesen Dingen überlassen, solange er noch einen Rest von Grips im Schädel hatte. Nicht freiwillig jedenfalls."

Patrick

Nexus klingelte, klopfte, und als auch das nicht dazu führte, dass ihm Patrick aufmachte, hexte er das Schloss auf und betrat die Wohnung.

Wow, das war ja mal esoterisch!

Ein Duftzerstäuber lief und verbreitete Zitrus-Aromen, vermutlich, um dem Käsearoma von nebenan etwas entgegenzusetzen.

Zwei große Edelsteindrusen standen wie Säulen im Eingangsbereich, beide über einen Meter hoch, poliert und von Spots angestrahlt. Der Amethyst funkelte in sattem Violett, die Bergkristalldruse blitzte in den Farben des Regenbogens.

Ein Raumteiler versperrte die Sicht auf den Rest des großen Zimmers. Er war weiß, mit goldener Maserung und ließ zu beiden Seiten nur einen schmalen Durchgang.

Patricks Stimme redete irgendwo.

„Ja, so ist es gut. Dehnt, deehhnt eure Kniesehnen. Die Kniesehnen sind äußert wichtig, es sind Tore zu Energie, die sprudeln wird wie eine 3frische Quelle, wenn ihr nur genügend deehhnt …"

Was für ein bescheuerter Schwätzer!

Nexus stand kurz vor der goldverzierten Zwischenwand und dachte sich, dass Yoga-Kurse ganz offenbar mehr einbrachten als seine eigenen über Kartenlegen und Sigillenmagie.

Sehr viel mehr.

Dass Patrick jetzt schon einen Kurs gab, so früh am Morgen, war lästig. Nexus war ja nicht zimperlich, aber mitten zwischen weltentrückte Yogatreibende zu stürzen und zu fragen: „Weshalb wolltest du mich umbringen?“, das würde schon irgendwie melodramatisch wirken.

Zu warten, bis hier alle einen hechelnden Hund oder Sonnengruß oder sonst eine Yogaübung vollendet hatten, traf aber auch nicht seinen Geschmack.

Der Boden, der genau wie der Raumteiler fein mit Gold marmoriert war, wies einen einzelnen roten Flecken auf. Er störte das Gesamtbild.

Fast sah er aus wie Blut.

Nexus ging näher heran.

So wirkte der Fleck noch mehr wie Blut.

Nexus lauschte Patricks Stimme, die jetzt etwas von dem Dehnen der Knöchel redete.

„Das biologische Alter eines Menschen können wir daran erkennen, wie er – oder sie – den Knöchel bewegen kann, wie weit er sich drehen lässt ...“

Nexus ging in die Hocke, leckte seine Fingerkuppe an und fuhr über den roten Fleck. Etwas Rotes blieb an seinem Finger. Er roch daran. Ein wenig bitter.

Blut. Eindeutig. Nexus kannte sich damit dank seiner Opfer an die Naturgeister ja aus.

Er ging um den Raumteiler herum , darauf gefasst, eine Leiche dahinter zu finden.

Sechs wollweiße Yogamatten lagen zwischen großen Kübelpflanzen. Patricks Stimme kam aus den beiden Lautsprechern einer Stereoanlage.

Niemand übte auf den sechs Matten.

Patrick saß ganz allein im halben Lotussitz vor einem Laptop und sprach die Übungsanweisungen in ein Mikrofon, während vor ihm Aufnahmen einer Trainingseinheit abliefen. Sein Oberkörper war nackt und unten herum trug er eine weiße Yogahose.

„Hi", sagte Nexus. „Auf deinem Fußboden ist Blut."

Patrick drehte sich zu ihm um, wobei sich die Position seines Unterkörpers kaum veränderte, was gruselig aussah.

„Du hast mich vielleicht erschreckt!"

„Tut mir leid", behauptete Nexus. „Und willst du das Blut nicht wegwischen, ehe deine ätherisch-reinen Schüler kommen?"

„Was für ein Blut denn?", fragte Patrick, entfaltete seine langen Beine, was Nexus an eine erwachende Heuschrecke erinnerte, und stand auf.

Nexus zeigte ihm die Stelle.

„Da hat doch die Katze wieder was reingetragen", bemerkte Patrick ärgerlich. „Das ist ihr einfach nicht abzugewöhnen. Divina, Schatz! Hast du schon wieder einen Vogel umgebracht?"

Keine Divina antwortete oder ließ sich sehen.

„Apropos umbringen", sagte Nexus. „Weshalb wolltest du mich vor ein Auto stoßen?"

„Bitte was?", fragte Patrick.

„Du hast mir den pink-gelben Schal über den Kopf gezogen und mich vorwärts geschubst. Vor ein Auto."

„Nex“, sagte Patrick in besorgtem Ton. „Du solltest nicht mit Kräutern und solchem Zeug experimentieren. Man sieht doch am alten Jinx, wie böse das endet.“

„Ja, der ist auch tot. Auch ermordet, wie die Polizei festgestellt hat.“

„Was? Hör mal, Nex ...“

„Mach mich nicht mit dummem Gewäsch weich“, befahl Nexus. „Runa hatte exakt zwei Schals verkauft, als einer davon benutzt wurde, um mir die Sicht zu nehmen und mich vor ein Auto zu schubsen.“

„Dann solltest du mit dem anderen Käufer reden.“

„Der andere Käufer war Seraphina Faucet. Wie wahrscheinlich ist es, dass eine alte, arthritische Hexe versucht, jemanden wie mich auf offener Straße umzubringen?“

Patrick zuckte leicht die Achseln.

„Gar nicht“, gab er zu. „Nur bedeutet es dann eben, dass du dir irgendwas eingebildet hast. Oder einen ähnlichen Schal verwechselst. Er bringt nämlich Glück, musst du wissen. Fibald hat ihn eigenhändig gestrickt.“

„Ja, noch so ein Weichspüler. Aber ganz im Ernst, Patrick: Du kannst es leugnen, aber du bist der einzige Verdächtige. Und ich will wissen, was du gegen mich hast! Welche Rolle spielst du bei dem Verschwinden der Großhexen und mächtigen Zauberer?“

Patrick kratzte sich im Nacken.

„Du reimst dir da irgendetwas zusammen, alter Junge. Wann soll denn dieser Überfall stattgefunden haben?“

Nexus nannte ihm Zeit und Ort und beobachtete Patrick dabei sehr genau. Er bekam nur einen leeren Gesichtsausdruck zu sehen.

„Schauen wir mal in meinen Kalender." Patrick ging zum Laptop, faltete sich in den halben Lotussitz und rief irgendein Programm auf. „Siehst du", sagte er und wies auf eine Spalte. „Da war ich bei Clarice, um die neuen Stundenverteilungen für die Kurse im kommenden Jahr zu besprechen. Wenn du mir nicht glaubst, ruf sie gerne an. Sie wird es dir bestätigen."

„Mach ich", sagte Nexus und fühlte sich ausmanövriert. „Und jetzt sag mir, was du über die ganze Sache denkst!"

„Die ganze Sache?"

„Verschwinden. Von Hexen. Und von Zauberer."

Patrick berührte den Bildschirm, der daraufhin dunkel wurde. „Tja", sagte er. „Darüber reden jetzt einige, besonders, weil wohl auch Rubio weg ist. Man fragt sich, ob er fortbleibt, sodass alle hier aufatmen können. Aber wenn du mich fragst, sind das Zufälle. Denn wer hätte schon die Macht, Leute wegzuhexen? Das ist so 1900. Wer würde das machen? Wie? Wozu? Es ergibt keinen Sinn. Es sind helle und eher weniger helle Mitglieder der magischen Gemeinschaft verschwunden. Wer hätte etwas gegen beide Seiten? Höchstens ein ganz mächtiger dunkler Zauberer. Aber das klingt ein bisschen nach Superheldenzeugs im Kino. Nicht nach Ipswich."

Nexus sah auf Patricks Haar herab, das sich in weichen, hellbraunen Wellen bis auf die Schultern herabringelte und solch einen einheitlichen Farbton und solch matten Seidenglanz besaß, dass es vermutlich regelmäßig getönt wurde.

„Liest du eigentlich Zeitung, Patrick?“

„Ich abonniere das Blatt, aber es verdunkelt immens die Aura, all diese schlechten Nachrichten zu lesen, diese Gängelung ... Ich lege inzwischen die Katzentoilette damit aus.“

„Gängelung?“, fragte Nexus verwirrt.

Patrick sah zu ihm auf.

„Ja, all die Vorschriften. Das Regelwerk. *Tu dies nicht an Sonntagen, reiche dieses Formular ein, wenn du an jenem Kongress teilnehmen willst. Lass dir eine Bescheinigung ausstellen, dass du tatsächlich Yogaübertragungen bekommen hast und von welchem Meister* ... Die spinnen doch. Oder nicht?“

Nexus nickte bedächtig.

„Das könnte jetzt weniger werden. Meinst du nicht?“

Patrick tippte seinen Bildschirm wieder an und das Bild einer Lotusblüte entstand.

„Ja, denn viele von denen, die das durchsetzen wollten, sind ja weg. Ich für meinen Teil bin darüber nicht so furchtbar traurig. Auch wenn es natürlich tragisch wäre, wenn sie für immer fortblieben.“

„Sind viele aus unserer Gemeinschaft dieser Meinung?“, erkundigte sich Nexus. „Fühlten sich einige wirklich gegängelt?“

„Und ob“, bestätigte Patrick. „Wir sind doch alle erwachsen und alt genug, um über uns selbst zu bestimmen. Wer würde schon leichtfertig eine Entdeckung durch Nichtmagische Personen riskieren? Oder wer würde über seine magische Ausbildung lügen? Wir werden da doch behandelt wie Unmündige! Und ja, das denken einige.“

„Na schön“, entgegnete Nexus. „Ich will dir mal glauben, dass du mich nicht umbringen wolltest. Fällt dir jemand ein, der dich anschwärzen würde, um den Verdacht von sich abzulenken? Wer würde mich loswerden wollen?“

„Na“, erwiderte Patrick. „Da wüsste ich einige.“ Die Lotusblüte auf dem Desktop öffnete sich weiter und begann sanftes Licht abzustrahlen. „Die Leute mögen dieses Ruppige nicht, weißt du? Und da sie sich außerdem nicht mit deiner Mutter anlegen können, weil sie einfach zu zaubermächtig ist, da lassen sie ihren Ärger über Janet Somerleyton ja vielleicht nicht ungern an dir aus.“

„Ärger über meine Mutter?“, fragte Nexus, ehrlich verblüfft.

„Ja, Ärger über deine Mutter“, bekräftigte Patrick. „Wundert dich das wirklich?“

Perry und das Elixier

Auf dem Tisch lagen jetzt Gefrierbeutel mit je einem Hunde- und Katzenhaar, einer Taubenfeder und ein Schwanzhaar eines Rehs.

Perry schnupperte und verwünschte die Beutel, die es fast unmöglich machten, Gerüche wahrzunehmen.

„Komm", sagte Miranda zu ihm. „Wir gehen jetzt das Tierlexikon verbrennen."

Perry akzeptierte das Halsband, das sie ihm anlegte, aber zeigte sehr deutlich, dass er auf die Leine doch lieber verzichten wollte.

„Dann mach aber unterwegs keine Dummheiten", riet ihm Miranda. „Und pass wegen der Autos auf."

Perry folgte ihr zur Tür und Isabel maunzte hinter ihnen her.

„Nein, ihr könnt nicht beide mitkommen", sagte Miranda fest. „Sei lieber hier, falls Nexus und Billy kommen. Die Krähenfeder zu besorgen, wird Billy vermutlich nicht lange aufhalten."

Draußen zog sie sich den neuen Schal übers Haar, weil es nieselte, und sie liefen in straffem Tempo durch die Straßen und bis zu den Feldern, denn ein Buch zu verbrennen, würde anderswo vermutlich auffallen.

Perry genoss es, unterwegs zu sein, jetzt, da er regelmäßig gut aß und genügend zu trinken bekam und die Welt außen nicht mehr nur eine öde Stätte voller verheißungsvoller Gerüche war, die ihn nur lockten, ihn aber leer ausgehen ließen. Obwohl ...

verheißungsvoll waren die Düfte schon noch. Nur konnte sich Perry jetzt davon zurückhalten, Mülltonnen umzuwerfen und auszuleeren.

Das war eine enorme Erleichterung.

Je näher sie den Feldern kamen, desto mehr neue Gerüche tauchten auf. Perry wusste sie kaum zu deuten. Konnte dieses Scharfe und doch leicht an Hund Erinnernde ein Fuchs sein?

Und dieses leicht Süßliche, das Komponenten von ungewaschenen Regenmänteln aufwies? Was war das?

Perry begann zu graben.

Das war ihm dann peinlich, als Miranda ein Stück zurücklief und fragte: „Was machst du denn da jetzt?"

Er eilte ihr nach und war wie elektrisiert, als sie ihn bat, ein paar Stöcke zu suchen, damit sie ein richtiges Feuer machen konnte.

Stöckchen?

Das rief seine Hundenatur noch mehr hervor. Kläffend und voller Elan tobte er über die Felder und um die Felder herum. Ab und zu fand er einen Stock, meist schon angekaut und damit doppelt interessant, und dann brachte er ihn Miranda.

„Das genügt jetzt", sagte sie und Perry setzte sich auf den höchsten Punkt einer Ackerfurche, um ihr zuzusehen, als sie den kleinen Stapel Holz in Brand setzte. Dann legte sie das nagelneue Tierlexikon in die züngelnden Flammen.

Schwarzer, stinkender Qualm stieg auf, als der vierfarbbedruckte Umschlag zögerlich zu glimmen begann und sich dann schwärzte. Noch langsamer bräunte die Schnittkante. Dann endlich wuchs eine Feuerzunge empor und das Buch loderte auf.

„Puh“, sagte Miranda. „Bücher sind heute nicht mehr so leicht brennbar, habe ich den Eindruck.“ Sie holte eine Dose heraus, dazu eine Zange und einen Bratenwender. „Wie viel Asche werden wir brauchen? Vermutlich nicht die gesamte, oder?“

Perry scharrte daraufhin ein wenig Ackerkrume zusammen.

„Oh, gut, wenn das reicht, sind wir hier bald fertig und wir müssen nicht warten, bis das Buch komplett zu Asche zerfallen ist.“

Gerade wollte sie sich vorbeugen, um die benötigte Menge in einen Gefrierbeutel zu füllen, da fiel ihr ein farbenfroh gekleideter Radler auf, der in hohem Tempo aus der Richtung von Kesgrave kam.

„Ist das nicht Billy?“

Perry reckte den Hals und hüpfte dann auf und ab wie in Flummi, um über die Ackerfurchen hinwegsehen zu können. Als er Billy erkannte, fegte er in höchstem Tempo auf ihn zu, nicht, ohne dabei laut zu kläffen.

Billy hielt an, stieg ab, legte das Rad an den Straßengraben und wuschelte Perry über den Kopf.

„Was für ein Glück. Ich muss dringend mit Nexus reden.“

Perry wollte ihm mitteilen, dass Nexus nicht da war und bellte, aber vermutlich sah Billy das ja selbst. Er lief trotzdem in aller Eile zu Miranda, während ihn Perry ungeduldig umtanzte.

„Nexus“, japste Billy. „Wo ist der?“

„Er wollte zu Patrick und dann zu Hakon. Warum, was ist los?“

Billy bemühte sich, seinen Atem zu beruhigen.

„Ich war bei meiner Nachbarin Seraphina. Und sie hat mir ganz beiläufig erzählt, dass die Polizei heute früh bei ihr war. Und, dass sie der Inspektorin gesagt hat, dass unter anderem auch Janet Somerleyton verschwunden ist.“

„Du meinst doch nicht ...“

„Doch“, erwiderte Billy. „Die werden möglicherweise das Haus öffnen oder sich von Fibald öffnen lassen.“

„Und dann genügend Gift finden, um eine Kleinstadt auszulöschen“, rief Miranda. „Bei Hekate und Persephone!“ Sie wühlte in ihrer Tasche. „Wo ist nur mein Handy? Ah, hier. Hoffentlich hat Nexus seins überhaupt angeschaltet.“

Sie wählte und Perry hüpfte wieder auf und ab, weil er seine Aufregung anders nicht kanalisieren konnte.

„Nexus? Ja, hör mal! Billy hat von Seraphina erfahren, dass sie die Polizei praktisch zu deiner Mutter geschickt hat, weil sie auch verschwunden wäre. Jemand muss sofort das Haus ausräumen oder der Polizei weismachen, dass deine Mutter gar nicht fort ist. – Wie bitte? Ja, ja, gut. Wir kommen dorthin.“

Miranda ließ das Handy in ihre Manteltasche gleiten, schnappte sich den Pfannenwender, schaufelte Asche in die Gefriertüte, verschloss sie, steckte sie ein und sagte: „Lass uns rennen! Kannst du das Rad so behexen, dass es uns beide trägt und dabei immer noch Tempo entwickelt?“

„Ich denke, das kann ich“, entgegnete Billy und dann rannten sie zur Straße, Perry immer vorneweg und laut kläffend und merklich aufgeregt.

Mission Hinterhaus

Nexus konnte es nicht fassen.

Weshalb hatte die dämliche alte Hexe Seraphina seiner Mutter die Polizei praktisch auf den Hals gehetzt? Aber darüber nachzudenken, würde nur Zeit kosten. Zeit, die ihm jetzt nicht blieb.

Er wählte die Nummer des Wollladens.

Es dauerte frustrierend lange, ehe Fibald abnahm und sagte: „Wolle und Handarbeitsartikel, Janet Somerleyton, Fibald Adams am Apparat. Guten Tag. Was kann ich für Sie tun?"

„Ich bin's", knurrte Nexus. „Die alte Seraphina hat die Polizei informiert, dass meine Mutter fort ist. Die Polizei könnte also auftauchen, möglicherweise eine Frau namens Inspektor Roe, und …"

„Ja, ich weiß."

„Oh." Nexus deutete Fibalds Ton. „Soll das heißen, dass die Polizei bei dir im Laden ist? Jetzt gerade?"

„Das ist so", bestätigte Fibald.

„Ja, verdammt und verhext! Halt sie hin, Fibald! Halte sie hin, indem du des Langen und des Breiten von irgendwas redest. Erzähl von Tom Jinx! Tu irgendwas, um sie aufzuhalten!"

„Das scheint wichtig", sagte Fibald in neutralem Ton.

„Ja, ganz extrem wichtig."

Nexus legte auf. Er war gerade auf dem Weg zu Hakon gewesen, doch jetzt drehte er um und hetzte in die entgegengesetzte Richtung.

Inspektor Roe war vermutlich mit dem Auto unterwegs. Sie konnte ihn praktisch jede Sekunde einholen, überholen, das Haus erreichen und dann ...

Nexus rannte.

Würde Fibald ihnen den Schlüssel geben? Vermutlich. Oder mit ihnen kommen und aufschließen.

Hoffentlich hatte der Schwachkopf begriffen, dass es ernst war. Wusste er von der Giftküche? Seine Mutter hatte ja niemanden dort hineingelassen.

Nexus überquerte eine Straße, spurtete die nächste entlang und erreichte sein Elternhaus.

„Ganz schön kalt, dieser Winter", rief ihm Mr Langfield zu, der Nachbar, der seine Haustür gerade sehr gründlich mit einem Handbesen abfegte. „Dabei haben wir doch angeblich eine Klimaerwärmung."

„Ja, unfassbar", schrie Nexus, öffnete sich die Tür und stürmte ins Wohnzimmer.

Niemand da.

Seine Mutter war offenbar immer noch nicht heimgekommen.

Er hetzte weiter durch den Gang ins Hinterhaus. Auch hier war alles unverändert.

Wie sollte er all das Zeug wegkriegen? Die Flaschen in die Spüle leeren? Dann würde es in und um Ipswich zu einer mittleren Naturkatastrophe kommen, denn das Zeug war auch verdünnt noch giftig.

Und außerdem würden Reste in den Fläschchen und Phiolen bleiben, die Leute bei der Polizei immer noch mühelos auswerten konnten.

Die Tränke mussten komplett aus dem Haus.

Nexus riss alles aus den Glasschränken und stellte die Gefäße auf den Metalltisch. Was er brauchte, war ein größeres Behältnis.

Er konnte diese Flaschen nicht einfach in mehrere Einkaufstüten stopfen. Möglicherweise würden sie auslaufen und dann Gift aus den Tüten tropfen. Ein Desaster.

Hastig suchte er erst die Küche ab, dann das Wohnzimmer.

Weshalb besaß sie denn keine Kiste?

Nexus kippte Wolle aus dem größten Wollkorb und begann, Phiolen hineinzupacken. Als er ins Wohnzimmer lief, um einen weiteren Korb zu holen, sah er einen Polizeiwagen am Haus vorbeifahren, vermutlich auf der Suche nach einem Parkplatz.

Gleichzeitig klopfte es energisch an das Fenster der Hexenküche.

Nexus stand sekundenlang reglos wie ein Reh im Licht von Autoscheinwerfern.

Dann rief es laut von hinten: „Nexus! Ich bin‘s, Billy!“

Nexus rannte nach hinten und öffnete das Fenster.

„Gib mir das Zeug!“

„Das dauert. Und die Polente ist schon da. Wir brauchen eine Ablenkung“, japste Nexus.

„Ich schicke Perry“, erwiderte Billy gelassen. „Gib die Phiolen her!“ Dann wandte er sich kurz um und setzte Perry das Problem auseinander. Perry bellte und schoss davon.

Sein Bellen wurde nur unwesentlich leiser, als er um die Ecke verschwand.

Vorne schlug die Türglocke an.

„Zu spät“, sagte Nexus mit Grabesstimme.

„Noch nicht“, erwiderte Billy und zog die Schachtel mit seiner Biene aus der Jackentasche.

Verflucht noch mal!

Inspektor Celia Roe drückte energisch auf den Klingelknopf und hörte drinnen einen satten Gongton.

Gleichzeitig bellte ein Hund.

Dieser Hund tauchte auch schon im nächsten Augenblick um die Ecke herum auf, stürmte auf Celia zu und begann sie zu umrunden.

„Na, du“, sagte sie. „Gehörst du ins Haus?“

Der Hund wedelte, sprang an ihr hoch, leckte ihr die Hand nass und fast schien es, als würde er sie von der Tür wegdrängen wollen.

„Jetzt sei mal brav“, sagte sie. „Seargent Fowler! Nehmen Sie den Kleinen am Halsband!“

Von drinnen rief es undeutlich: „Komme gleich.“ Und irgendetwas von Bad. Eine Männerstimme.

„Gehen Sie besser mal ums Haus herum“, befahl Celia. „Möglicherweise ist das mit dem Bad nur ein Versuch, Zeit zu schinden. Am Ende haut uns dieser Nexus Somerleyton ab.“

Im nächsten Augenblick fing Seargent Fowler jedoch an, um sich zu schlagen.

Etwas summte angriffslustig.

Jetzt? Mitten im Winter?

Ja, es war eine Biene.

Der Seargent hatte das Halsband loslassen müssen und der kleine, wuschelige Hund drehte jetzt vollkommen durch. Er kläffte, tanzte herum, schlüpfte Celia durch die Beine, dass sie beinahe zu Fall gekommen wäre, und sie musste sich am Türknauf halten.

Ein Nachbar, der eben noch vor seinem Haus herumgeputzt hatte, kam herüber.

„Soll ich die Töle für Sie halten?", fragte er.

„Ja, das wäre nett. Gehört der Hund Ms Somerleyton?"

„Nein, sie hat keine Tiere", erklärte der Nachbar und fasste nach dem Hund.

„Haben Sie Ms Somerleyton in letzter Zeit gesehen?"

Es war eine bizarre Unterhaltung, weil der aufgeregte Vierbeiner dabei immer wieder dem Zugriff des hilfsbereiten Nachbarn entschlüpfte, und sich der Seargent der Biene nicht erwehren konnte.

„Nein. Nur ihren Sohn. Und ihren Lebensgefährten. Vermutlich ist sie verreist. Das tut sie manchmal. – Halt still, du dummes Tier!"

Plötzlich ging die Tür auf.

Nexus Somerleyton stand im Eingang, ein feuchtes Handtuch um den Nacken gelegt, von seinem Haar tropfte es, und er roch nach Rosenshampoo.

„Sorry, ich stand gerade unter der Dusche. Kann ich etwas helfen, Inspektor?"

„Wie kommt der Hund hierher?", fragte Celia scharf.

„Der Hund? Sie haben ihn doch dabei", erwiderte Somerleyton mit Unschuldsmiene. „Möchten Sie hereinkommen, Inspektor? Dann lassen Sie ihn draußen. Ich mag Hunde nicht besonders."

Celia gelang es, die Schwelle zu überqueren und drückte die Haustür ins Schloss. Draußen bellte es immer noch.

„Ich hörte, Ihre Mutter sei ebenfalls vermisst. Mr Adams sagte, Sie seien deswegen bei ihm gewesen. Weshalb haben Sie mir das nicht mitgeteilt, als wir über das Verschwinden der anderen Mitbürger gesprochen haben?"

„Das ist ja nicht dasselbe", sagte Somerleyton. „Meine Mutter macht manchmal Ausflüge. Ich habe ihren Lebensgefährten gefragt und als er sagte, alles sei in Ordnung, war das für mich okay."

„Aha. Ich würde mich trotzdem gerne im Haus umsehen, wenn es Ihnen nichts ausmacht."

„Natürlich", erwiderte er mit einem säuerlichen Lächeln. „Fühlen Sie sich wie daheim, Inspektor." Er machte eine Geste Richtung Wohnzimmer.

Celia ging an ihm vorbei. Das Wohnzimmer wirkte auf altmodische Art nett und absolut sauber und gepflegt. Ebenso die Küche, in der doch tatsächlich noch ein Herd stand, der mit Holz beheizt wurde. Celia sah in den Kühlschrank.

Nichts war verdorben, nichts abgelaufen. Aber wenn der Lebensgefährte das Haus hütete, war das ja auch nicht zu erwarten.

Celia ging weiter nach oben, betrachtete das Schlafzimmer mit einem gemachten Doppelbett in einem Zimmer, das gerade groß genug dafür war. Das ebenso kleine Bad war mit einer modernen Regenwalddusche ausgestattet. Das hatte sie eher nicht erwartet.

Diese Dusche, wie sie bemerkte, war knochtrocken.

Nexus Somerleyton hatte also keinesfalls wirklich geduscht. Sondern er hatte auf Zeit gespielt. Wozu?

Die zweite Küche entdeckte Celia, als sie eigentlich schon gehen wollte. Sie bog an der Treppe falsch ab, klinkte eine Tür auf und stand in einem Raum, der ebenso überraschte wie die moderne Dusche. Alles war aus Edelstahl, die Geräte wirkten teuer. Und es gab zahlreiche Vitrinen, deren Schiebe- und Klapptüren offenstanden, so als sei in aller Eile alles herausgeräumt worden.

Celia sah sich um, entdeckte den Kühlschrank, öffnete ihn und fand ihn ebenfalls leer.

Sie sah zum Fenster und öffnete es dann. Es ging auf einen schmalen Weg hinaus, der zwischen dieser und der nächsten Häuserreihe verlief. Und vor dem Fenster war das Gras zertrampelt, als habe hier gerade eben erst eine schnelle Übergabe stattgefunden.

Nur wovon?

Billy

Noch vor wenigen Tagen war er ein unbescholtener Bürger gewesen und niemals mit der Polizei in Kontakt gekommen. Das hatte sich inzwischen geändert.

Und nun radelte er in aller Eile mit einer Ladung tödlicher Gifte Richtung Kesgrave. So nett ihr Abenteuer bisher gewesen war – das sprengte ein wenig den Rahmen.

Wie sollte er das Zeug verstecken?

Er hatte gerade so seine Biene wieder zu sich rufen können und rechnete das unter die Glücksfälle der letzten Tage. Doch nun würde er die Hilfe der Ahnen brauchen, um heil aus der Sache herauszukommen.

„Ratet mir“, rief er in den Wind, während sein Rad magisch beschleunigt gen Kesgrave raste. „Ratet mir!“

Wie als Antwort holperte das Rad über einen Stein und Billy stürzte. Das Rad rutschte in den Graben und Billy purzelte hinterher. Kein Wunder bei der Geschwindigkeit, wie er noch dachte. Er war gerade mit schmerzendem Knöchel und aufgeplatzter Lippe dabei, sich wieder hochzurappeln, da sah er von Ipswich her ein Polizeiauto kommen.

„Danke, Ahnen!“, murmelte er und zog den Kopf ein.

Der Wagen fuhr vorbei.

Nur lag das Rad jetzt verbogen da und der Inhalt der Körbe war überall verteilt. Hastig sammelte Billy alles auf und vergewisserte sich, dass nichts ausgelaufen war. Gut, ein Reagenzglas war aufgegangen und die Hälfte ausgelaufen. Aber das würde hoffentlich nicht gleich das Trinkwasser versauen!

Billy drückte Stopfen fester, stellte alles wieder in die beiden Körbe und las dann die beiden Plastikbeutel mit Pellets auf. Wozu die dienen sollten, leuchtete ihm immer noch nicht ein.

Gerade überlegte er, das Rad aufzurichten, da kam ohne Blaulicht und nicht sehr schnell ein zweites Polizeiauto.

Womöglich lief das auf eine Hausdurchsuchung hinaus.

Nun, das hätte er unter anderen Umständen amüsant gefunden, zumal sein Haus ja über magische Schutzmechanismen verfügte. Gerade jetzt wünschte er, es sei ohne weiteres zugänglich. Schließlich versteckte er dort nichts.

Und apropos verstecken – was machte er mit den beiden Körben und den Beuteln? Er konnte sie keinesfalls hier liegenlassen. Und die Gegend war leider recht übersichtlich. Wenn die Polizei zurückkam, würden sie ihn bemerken, falls er mit den Sachen über die Felder zum fernen Wald lief.

„Ahnen", murmelte er. „Was mach ich denn jetzt?"

Die Luft wurde etwas milder. Damit hatte es sich aber auch schon. Weiterer Rat kam keiner. Von nirgendwo.

Wo verbarg man etwas, das auch kein Unbeteiligter finden durfte? Billy schauderte es bei dem Gedanken, spielende Kinder könnten auf die Gläschen stoßen.

Vergraben war da keine besonders kluge Option. Wenn jemand sah, dass frische Erde aufgeworfen worden war, würde sofort der Wunsch entstehen, nachzusehen, was dort versteckt worden war.

In einen Baum hängen?

Gerade Kinder kletterten häufiger auf Bäume.

Ein Schließfach? Gab es weit und breit nicht. Höchstens am Bahnhof. Und wie kam er unentdeckt mit den Körben dorthin?

Billy war sich noch nicht mit sich selbst einig geworden, als beide Polizeiwagen zurückkehrten, dieses Mal dicht hintereinander. Billy rollte in den Graben zurück.

Kaum war das Motorengeräusch verklungen, stand er auf, nahm Körbe und Pellets, ließ das Rad, wo es war, und lief die restliche Strecke nach Hause.

Sein Haus sah nicht aus, als sei man eingedrungen und es war auch nicht versiegelt wie ein Tatort. Aber das hieß ja nicht, dass die Polizei nicht wiederkommen würde.

Billy wickelte die Giftfläschchen und die Pellets in eine dicke Plane, verschnürte sie und ging duschen. Derweil überlegte er. Dann lief er über sein Grundstück nach hinten zum Wald, baute einen seiner Bienenstöcke auseinander, die bis auf den einen magisch gewärmten ja im Winter leer waren, und legte das Paket hinein. Als vorübergehende Versteck mochte es gehen.

So. Und nun? Es musste noch so viel erledigt werden.

Was ließ sich unter den Umständen überhaupt noch umsetzen?

Nun, am besten brachte er Miranda etwas Schönes, um ein Essen daraus zu bereiten.

Fisch

Nexus saß seit einigen Minuten bei ihr am Küchentisch und machte einen schon fast panischen Eindruck.

„Wir wandern alle ins Gefängnis", hatte er gesagt, als sie ihn hereingelassen hatte. „Und das alles wegen meiner Mutter!"

„So schlimm wird es schon nicht werden", hatte sie behauptet, obwohl ihr bei der Sache langsam auch nicht mehr recht wohl war. Perry, der niemals müde zu werden schien, tanzte herum und hätte wohl am liebsten von all ihren Abenteuern erzählt.

Miranda überlegte gerade, Polenta zu machen, da klingelte es und klopfte.

„Ah, das ist Billy. Wir haben ein Zeichen ausgemacht, damit ich nicht jedes Mal erschrecke. Einmal klingeln, zweimal klopfen."

Miranda machte Billy auf und er reichte ihr ein in weißes Papier geschlagenes Paket.

„Das Abendessen."

Miranda bedankte sich, trug das Paket in die Küche, öffnete es, und ein ganzer Karpfen kam zum Vorschein.

„Wie kommst du denn jetzt darauf?", fragte Nexus. „Weißt du, wie viele Gräten diese Biester haben?"

„Ich weiß es", erwiderte Billy. „Aber sie haben auch Schuppen. Und sieben davon brauchen wir ja für Perrys Elixier."

Er löste diese sieben dann auch eigenhändig ab und gab sie in eine der Gefriertüten.

„Wo ist das andere Zeug?“, fragte Nexus.

„Versteckt. Fürs Erste.“ Billy schien erschöpft, setzte sich an den Tisch und sah Miranda dabei zu, den gar nicht so kleinen Fisch magisch zu schuppen und zu filetieren.

„Lohnt sich doch immer, so etwas zu lernen“, sagte sie zufrieden. Isabel wirkte nicht begeistert von diesem Abendessen, bei Perry wusste sie es nicht genau. Er schien ja immer außer sich.

„Tja“, sagte Miranda, als der Fisch im Ofen war und die Polenta mit den Gewürzen durchzog. „So ein klein bisschen sitzen wir wohl im Schlamassel. Und wir brauchen immer noch das Buch.“

„Ich hole es“, sagte Nexus. „Mit Isabel. Aber ich habe noch keine Ahnung wie.“

Billy räumte das Quija-Brett zur Seite und deckte den Tisch.

„Jetzt also auch noch ein Einbruch?“, fragte er. „Lassen wir irgendetwas Strafbares aus?“

„Wir brechen nicht ein“, knurrte Nexus. „Ich besuche Hakon. Und dann überzeuge ich ihn. Oder – wenn nötig entfessle ich auch die Macht der Bibliothek, ja – dann muss Isabel das Stück Papier nach draußen bringen, während mir vermutlich das halbe Haus um die Ohren fliegt. Aber ganz ehrlich: Halbe Sachen bringen uns jetzt doch nicht mehr weiter. Auf der einen Seite ein böser Zauberer oder sogar eine ganze Organisation. Auf der anderen Seite Inspektor Andrews und Inspektor Roe. Und wir dazwischen. Da müssen jetzt Taten sprechen!“

„Hört, hört“, murmelte Billy und Perry kläffte.

Zum Schmieden weiterer Pläne waren sie dann aber alle zu

müde. Miranda genoss es, das Essen zuzubereiten, die Soße für den Fisch zu machen und ließ die Polenta nochmal im Ofen überbräunen. Dafür, wie verfahren die Situation schien, fühlte sie sich eigentlich recht gut. Ja, sogar sehr gut.

Vielleicht hatte Nexus recht, wenn er behauptete, Abenteuer seien genau das, was sie brauchte.

Als dann die Karpfenfilets auf den Tisch kamen, wurde es erst recht still. Isabel schien überrascht, wie schmackhaft dieser an sich unansehnliche große Fisch nun geworden war, Perry hatte das ganze Gesicht voller Soße und schließlich musste sogar Nexus darüber lachen.

„So", sagte er dann. „Das war sehr gut, Miranda. Und jetzt ist die Ruhe vor dem Sturm vorbei! Ich gehe zu Hakon. Könnt ihr hier schon mal anfangen?"

Perry bemühte sich hastig, die Soße aus seinem Gesicht zu lecken und an das Quija-Brett zu gelangen. Billy hob ihn hoch.

„Ja", schrieb Perry. „Prozedur lang."

„Dann los!"

„Du scheinst ja sicher, dass du das Stück Buchseite bekommst", bemerkte Billy.

Nexus pflückte Isabel vom Rand der Spüle und setzte sie auf seine Schulter.

„Was bleibt uns denn noch?", fragte er.

Und Isabel maunzte entschlossen.

Hakon

Isabel sah zu dem massiven Zauberer hinauf, der ihr ein kurzes, leeres Lächeln geschenkt hatte und jetzt mit deutlich mehr Enthusiasmus die üblichen vier Pfund entgegennahm.

„Keiner soll sagen, ihr wärt nicht fleißig."

„Ja, irgendwie müssen wir ja vorankommen", erwiderte Nexus. „Und ich brauche heute deine fachliche Unterstützung."

„Natürlich, gerne. Dafür bin ich ja da."

„Es geht um die Frage, was auf der Seite 43 eines bestimmten Buches für ein Rezept vermerkt ist", erklärte Nexus.

„Na, dann schauen wir nach", gab Hakon zurück. Er schob sich die schmale Treppe hinauf und Nexus und Isabel folgten ihm.

Hakon öffnete die Tür der Bibliothek, die inzwischen wieder aufgeräumt und unvertraut sauber wirkte. „Welches Buch meinst du, Nexus?"

„*Das Buch der mächtigen Werke* von Praetorius."

Hakon drehte sich zu ihnen um.

„Hör mal", sagte er. „Miranda Valentine war schon deswegen da und ich habe ich verdeutlicht, dass dieses Buch zu den verbotenen Schriften gehört und nicht eingesehen werden kann."

Nexus zuckte die Achseln.

„Ich will es nicht einsehen, Hakon. Ich möchte wissen, worum es überhaupt auf Seite 43 geht. Es ist eine inhaltliche Referenz. Wenn es dort um Schalentiere geht, brauche ich ein Schalentier, und wenn es um Salbei geht, brauche ich Salbei. Das Rezept selbst interessiert mich nicht. Nullum."

Hakon wippte leicht auf den Fußsohlen vor und zurück und musterte Nexus mit argwöhnischem Blick.

„Du willst mich doch irgendwie reinlegen, oder?"

„Ich weiß nicht, was ich davon hätte. Sag mir einfach, worum es auf Seite 43 geht, und du bist mich los."

Hakon rieb sich eine Stelle unter der Nase, wo einige wenige Schnurrbarthaare sprossen, die bereits ergrauten.

„Ich lese viel. Natürlich. Wenn man eine solche Bibliothek hütet, liest man. Aber ich kann ja nicht jedes Buch auswendig."

„Dann geh halt und sieh nach. Ich warte hier."

Hakon zögerte immer noch.

„Du hast das Buch doch nicht verlegt?", fragte Nexus vorwurfsvoll. „Solltest du nicht wissen, wo jedes einzelne Werk steht?"

„Ich verlege nie etwas", gab Hakon leicht gereizt zurück.

Er stampfte aus dem Raum, schlug die Tür zu, merkte aber wohl nicht, dass Isabel mit ihm ins Treppenhaus geschlüpft war.

Gut.

Nexus strich unruhig durch den Raum, während er auf Hakons Rückkehr wartete. Würde Isabel an das Buch herankommen? Wie würde sie ein Stück der Seite an sich bringen?

Nexus musste lange Minuten warten, während derer es in einem anderen Raum hörbar schepperte. Hoffentlich hatte Hakon nicht Isabel beim Klauen erwischt!

Ein Gutes hatte die Warterei immerhin. Nexus fand in einer

Rille am Fensterbrett einen eindeutig schon lange dahingegangenen Marienkäfer und wickelte ihn in ein Papiertaschentuch. So hatte er immerhin eine weitere Zutat zu Perrys Elixier gefunden.

Hakon kam schließlich nach langen Minuten leise schnaufend und sagte: „Seite 43 ist leer. Es steht ganz und gar nichts dort."

„Auch keine Abbildung?", fragte Nexus und schielte zur Tür. Er konnte Isabel nicht entdecken. War sie möglicherweise jetzt in einem anderen Zimmer eingeschlossen?

„Leer meint leer", erklärte Hakon. „Es gibt einen ganz leichten Kaffeefleck, weil wohl jemand unachtsam mit dem Buch umgegangen ist. Aber sonst ist da nichts. Das Buch hat noch mehr leere Seiten. Es ist handgeschrieben und der Autor wollte da vielleicht später noch etwas einfügen."

Nexus bemühte sich, an dem breiten Zauberer vorbei in den Flur zu sehen.

„Gut, soll das eventuell heißen, ich soll Kaffee hinzufügen? Oder nichts? Nichts wäre doch ein bisschen sonderbar."

„Letztlich ist Magie eine Geheimwissenschaft", sagte Hakon. „Weshalb sollte es also nicht sonderbar sein? Woher wüsste denn derjenige, der dein Rezept geschrieben hat, dass auf Seite 43 der *mächtigen Werke* ein Kaffeefleck ist? Wir leihen niemals aus. Der Einzige, der den Fleck gemacht haben könnte, war mein Vorgänger, der große und geheime Meister Vilius."

„Verstehe", sagte Nexus. „Dann danke für deine Hilfe. Ich lese hier noch ein bisschen und gehe dann wieder."

„Gerne."

Hakon lief mit wuchtigen Schritten die Treppe hinab.

Von Isabel war nichts zu sehen.

Nexus rief ihren Namen.

Es miaute irgendwo.

Nexus betrat einen schmalen, mit durchgelaufenem Teppichboden belegten Gang. Es gab zwei Türen.

„Isabel?"

Es maunzte mehr rechts. Nexus drückte die Klinke des rechten Raumes herab. Die Tür war verschlossen.

Wenn er die jetzt aufhexte würde das garantiert bemerkt werden.

„Hakon", rief er. „Du hast meine Katze irgendwo eingesperrt!"

„Was sagst du, Nexus?", kam es von unten.

„Meine Katze! Du hast sie irgendwo eingeschlossen."

Hakon kam herauf, schnaufte und sagte: „Ich sehe keine Katze."

„Natürlich nicht. Sie ist dir wohl vorhin nachgelaufen und du hast sie irgendwo eingeschlossen, als du den Raum wieder verlassen hast. Sie miaut hier irgendwo."

Hakon sah sich um, dann klinkte er wie selbstverständlich die Tür zu seiner rechten auf. Also lag ein individualisierter Zauber auf der Schwelle, der alle außer Hakon davon abhielt, die Tür zu öffnen.

Im nächsten Augenblick schoss Isabel aus dem Zimmer und rannte nach unten.

„Ah, das war sie. Danke.“

Nexus wollte erleichtert aufatmen, da drückte ihn der weit schwerere Hakon plötzlich mit Wucht an die Wand.

„Nexus“, sagte er. „Deine Katze war an dem Buch!“

„Wie, an dem Buch?“, presste Nexus heraus, dem die Luft knapp wurde und der in dem engen Flur nicht zurückweichen konnte.

„Sie hat an dem Buch *geknabbert*“, knurrte Hakon mit einer bisher niemals gehörten, gefährlichen Betonung.

„Das ...tut mir ...leid“, japste Nexus. „Ich bezahle ...“

„Ja, du bezahlst“, sagte Hakon, plötzlich wieder ruhiger. „Aber wohl kaum in Pfund. Oder was glaubst du, was solch ein Buch wert ist?“

„Keine ... Ahnung.“

„Es ist unbezahlbar, aber als handschriftliche Einzelausgabe dürftest du dafür rund zwanzigtausend Pfund auf den Tisch legen. Hast du die, Nexus?“

„Äh, nein.“

Hakon fixierte ihn.

„Was soll die Sache mit der Seite 43.“

„Es ist für ein Rezept. Wirklich!“

Hakon fasste Nexus am Hemd und hob ihn hoch als wäre er nichts weiter als eine Puppe aus Stroh.

„Niemand beschädigt willentlich, vorsätzlich oder fahrlässig ein Buch dieser Bibliothek“, sagte er leise. „Und da ich die Katze nicht bestrafen kann und du sagst, es sei deine Katze, wirst *du* an ihrer Stelle die Folgen tragen!“

Nexus nickte tapfer. Egal, wenn er hier starb, wenn nur Isabel fliehen konnte ...

Hakon kam noch näher. Er roch nach schwarzem Tee, ungewaschenen Kleidern und ein wenig nach Wein. Weißwein, wie Nexus dachte. Nicht Rotwein.

Komisch. War das jetzt nicht egal? Weshalb versuchte einem das Gehirn immer noch vorzumachen, es sei alles alltäglich, wenn man gleich den Zorn eines magischen Hauses zu spüren bekam?

„Nexus", sagte Hakon und Nexus fing an zu schwitzen. „Du hast Hausverbot! Und weil ich dich lange kenne und du ein netter Kerl bist, wird es kein lebenslanges Hausverbot, sondern ein temporäres. Ich verbanne dich aus dieser Bibliothek für lediglich zehn Jahre, zehn Tage und zehn Stunden! Hast du das verstanden?"

„Ja", sagte Nexus und wusste nicht, ob er hysterisch lachen oder zittern sollte. „Ich nehme dann mal meine Katze und gehe. Tut mir echt leid."

„Sollte es", knurrte Hakon. „Bücher beschädigen! Wie weit ist es denn mit der Welt gekommen?"

Nexus wollte zur Treppe gehen, erleichtert, dass er letztlich so leicht davonkam, da packte ihn eine unsichtbare, riesenhafte Faust und schüttelte ihn, dass er sofort Kopfschmerzen bekam. Bedrohliche Kopfschmerzen.

Dann fegte es ihn die Treppe hinab.

Er fiel rückwärts, kam unsanft auf, schlug mehrfach gegen jede Wand, dann gegen die Decke und stürzte schließlich auf den speckigen Teppichboden. Dann wurde er um die eigene Achse gedreht und bösartige blaue Blitze zuckten, als es ihn durch die Haustür in den Hinterhof hinausblies.

Dort blieb er liegen, während sein Herz viel zu schnell pochte und er meinte, die Blitze würden in seinem Gehirn Hiphop tanzen.

Neben ihm stand Isabel. Sie war offenbar vollkommen unversehrt. Aus ihrem Mäulchen sah etwas unregelmäßig Geformtes und Weißliches hervor.

Gebraut und geköchelt

Perry stand oben am Tischrand und begutachtete, was Billy zustande brachte. Der junge Zauberer war ja gar nicht schlecht, doch hätte es Perry vorgezogen, das Elixier eigenhändig zuzubereiten.

Eigenhändig. Haha.

Würde er das jemals wieder tun können?

Egal. Ganz egal. Ein Alchemist ließ sich während der Zubereitung nicht ablenken. Nicht von äußeren Geschehnissen, nicht von düsteren Gedanken. Nicht einmal vom Duft des restlichen Fischfilets.

Perry leckte sich unwillkürlich über die Nase, straffte sich und berührte dann mit der Nase das vierte Glas auf dem Tisch.

Billy nahm den versilberten Löffel, den Miranda in einer ihrer Schubladen gefunden hatte, schöpfte etwas von der Flüssigkeit auf und ließ sauber und exakt einen Tropfen des Suds aus Taubenfeder in das Gefäß fallen, in dem sie das Elixier mischten.

Ja, gut! Die Farbe veränderte sich ein wenig.

Als nächstes kam der Sud aus der Krähenfeder.

Ebenfalls ein einziger Tropfen.

Perry nickte Billy zu.

Oben am Rand des Quija-Bretts legte er die Pfote auf die Zahl drei.

Billy gab daraufhin merklich konzentriert drei Tropfen Sud aus den sieben Karpfenschuppen ins Gefäß.

Das Ganze färbte sich rosig.

Hervorragend!

Wieder musste Perry ans Quija-Brett, um Billy mitzuteilen, dass er die Temperatur nun auf 103° Grad Celsius bringen musste. Dazu lag eigens das Einkochthermometer bereit. Miranda reichte es Billy an.

Keiner sprach. Die Atmosphäre war angespannt. Bei einem Rezept wie diesem, war selbst ein winziger Fehler verhängnisvoll, nichts durfte …

Klingelingeling. Dann klopfte es zweimal.

Das Thermometer klackte gegen den Rand der Glasschüssel, die über dem Wasserbad, über dem sie kunstvoll mit drei Kochlöffeln und etwas Bindfaden aufgehängt war.

Perry fiepte.

„Alles gut“, beruhigte ihn Billy. „Wir haben die 103° Grad erreicht.“

*

Miranda ging unterdessen zur Tür.

Es war Nexus.

Er lehnte draußen gegen die Wand des Hausflurs. Sein dunkles Haar stand ab, als habe er in eine Steckdose gegriffen und seine Stirn trug schwarze Schlieren.

Ansonsten sah er aus, als habe man mit seinen Kleidern etwas Schmutziges saubergeputzt, ohne sie ihm dafür eigens auszuziehen.

„Isabel!“, sagte er. „Gib denen, was wir mitgebracht haben!“

Dann sank er an der Wand abwärts und landete neben Mirandas Fußabstreifer auf dem Hosenboden.

Isabel schritt an ihm vorbei, das Köpfchen erhoben und marschierte Richtung Küche.

Miranda half erst einmal Nexus auf die Füße.

„Also musstet ihr es stehlen?“, fragte sie und klopfte Dreck von seinen Jackenärmeln und seinem Rücken.

Nexus nickte nur.

Also fasste sie ihn am Arm und ging mit ihm direkt ins Badezimmer.

„Zieh das aus!“, befahl sie. „Ich finde etwas, das du anziehen kannst, während wir deine Sachen in der Waschmaschine haben.“

Wieder nickte Nexus. Dass er nicht widersprach, ließ erahnen, wie mitgenommen er war.

Als Miranda in die Küche kam, fügte Billy gerade ein Gramm Asche zum Sud hinzu, der inzwischen aussah wie etwas, das man lieber nicht trinken sollte.

„Ist er okay?“, fragte Billy, ohne aufzusehen.

„Ich glaube schon. Jedenfalls, so weit man das sein kann, wenn einen eine Bibliothek beim Stehlen erwischt hat.“

Isabel saß neben Perry, den Kopf immer noch selbstbewusst erhoben, etwas Weißes im Mäulchen.

Perry kletterte wieder aufs Quija-Brett und setzte Billy umständlich auseinander, dass dieses winzige Stück der Seite 43 nun kurz im Ofen gebräunt werden musste, dann ausgekocht und der Sud schließlich auf 10ml reduziert.

„Okay“, sagte Billy, den komplizierte und langwierige Prozeduren offenbar nicht aus der Fassung brachten.

„Der Ofen ist ja noch warm.“

*

Miranda konnte also Kleidungsstücke für Nexus zusammensuchen.

In diesen Sachen kam Nexus dann zehn Minuten später in die Küche, gerade, während Billy die zehn Milliliter in eins von Mirandas Schnapsgläsern füllte.

Als er Nexus sah, bebte seine Hand ganz kurz und er schien einen Niesreiz zu unterdrücken. Oder vielleicht ein Lachen.

„Spar dir das“, grummelte Nexus. „Meinst du, *mir* gefällt das?“

Er trug Mirandas rosenrote Haremshose, handgestrickte rosa Socken und einen veilchenblauen Pullover, auf den zwei weiße Schwalben aufgenäht waren. Sein Haar stand immer noch leicht ab.

„Ich mag es“, sagte Billy. „Und ich muss nur noch den Sud aus dem Kornelkirschenblatt zugeben. Dann wird alles abgeseiht, durch einen Kaffeefilter gegeben und auf genau 61° Celsius erwärmt. Und schon können wir uns mit Tieren unterhalten.“

Nexus starrte ihn an.

„Wie um alles in der Welt hast du ein Kornelkirschenblatt aufgetrieben, an dem eine Ziege geleckt hat?“

„Einfach“, erwiderte Billy. „Ich habe Kornelkirschenbüsche im Garten. Mein Nachbar hält Ziegen. Also habe ich einer seiner Ziegen ein paar Kornelkirschenblätter gefüttert und dabei eins aus ihrem Maul gefischt.“ Er hielt seine linke Hand hoch, deren Zeigefingerkuppe ein buntes Pflaster trug.

„Du Held“, sagte Nexus und es war nicht ganz klar, ob es diesmal ironisch oder doch schlicht anerkennend gemeint war.

Das Kornelkirschenblatt schwamm kurz darauf in der Glasschale, Billy zählte laut die Sekunden, schaltete dann den Herd ab und seihte alles in eine kleinere Schüssel.

Dann klingelte es an der Wohnungstür.

„Ja, zum Henker!“, sagte Nexus. „Perry, verzieh dich hinter den Mülleimer! Nur, falls das wieder die Polente ist!“

Triumph oder Desaster

Miranda öffnete die Tür und draußen standen sowohl Inspektor Roe als auch Inspektor Andrews und dazu weitere Beamte, von denen einige leere Kisten trugen.

„Ja, bitte?“, fragte sie perplex.

„Guten Abend, Ms Valentine“, begrüßte Inspektor Roe sie höflich. „Wir sind hier mit einem Durchsuchungsbeschluss, den ich Ihnen auf Verlangen gerne zeige.“

Da Miranda nur nickte, immer noch zu verblüfft über die zahlreichen Kisten, wies ihr Inspektor Roe also tatsächlich einen Durchsuchungsbefehl vor.

„Ja, also ...“, sagte Miranda nach einem längeren Blick auf das Schreiben. „Natürlich. Wenn Sie also bitte hereinkommen würden ...“

„Mit Freuden“, erwiderte Inspektor Andrews.

Miranda wich zurück und die Polizisten betraten die Wohnung.

Da es verdächtig ausgesehen hätte, wenn die Polizei Perry unter der Spüle fand, ging Miranda weiter bis in die Küche und öffnete den Unterschrank.

„Komm“, sagte sie. „Wir haben hier ein paar Probleme, glaube ich. Nexus, die wollen glaube ich, Sachen mitnehmen ...“

Perry schlüpfte nach draußen und Billy sah kurz zur Seite, wo gerade zwei Männer blaue Klappkisten auf das Sofa stellten. Dann konsultierte er das Thermometer.

„Miranda“, sagte er dann drängend. „Mach den Mund auf!“

Er hielt ihr einen Löffel entgegen.

Inspektor Andrews erreichte jetzt ebenfalls die Küche, sah das behelfsmäßige Labor auf dem Tisch und sagte laut und befehlend: „Halt! Das alles ist mit sofortiger Wirkung ...“

Miranda lehnte sich vor, stülpte die Lippen über den Löffel und schluckte.

„...beschlagnahmt!“, vollendete Andrews empört seinen Befehl. Unter seinem scharfen Blick ließ Billy den Löffel sinken und legte ihn auf den Tisch. Nexus stand mit verschränkten Armen da.

„Warum das alles?“, fragte er.

„Weil wir einen Mordfall mit passenden Tatbegehungsmitteln untersuchen.“

Andrews winkte hektisch seinen Beamten, damit sie kamen, und alles, was auf dem Tisch stand, umgehend in eine der blauen Transportboxen räumten.

„Der Hund wird auch beschlagnahmt, außer Sie können einen Eigentumsnachweis vorlegen“, sagte er zu Miranda.

„Weshalb denn der Hund?“, fragte sie, um Zeit zu schinden. Perry hatte sich auch schon ungewöhnlich still aus der Küche geschlichen und Nexus folgte ihm jetzt wie beiläufig, statt den Inspektor mit ironischen Nachfragen zu traktieren. Sonst hätte er ein Wort wie *Tatbegehungsmittel* wohl kaum unkommentiert gelassen.

„Der Hund könnte dem Tierheim gestohlen worden sein ...“

„Also, ich glaube nicht, dass Sie so etwas beweisen können“, beharrte Miranda.

Sie hörte Perry im Treppenhaus kläffen, sah Andrews herumfahren, und zwinkerte Isabel zu. Kurz darauf hörte man Andrews herumbrüllen und Nexus kaum weniger laut antworten.

„Wie konnten Sie den Hund auf die Straße hinauslassen? Das ist Unterschlagung von Beweismitteln!“

„Ich wollte eine rauchen. Was kann ich dafür, wenn der Köter dann rausläuft? Mir hat keiner gesagt, ich soll ihn festhalten.“

Andrews brüllte daraufhin noch mehr herum.

Nach zwei oder drei Minuten kam Nexus wieder in die Küche.

„Perry ist abgehauen. Den finden wir später dann schon. Alles halb so wild. Nur ist Perrys Zusammengeköcheltes jetzt Geschichte. Noch einmal kriegen wir die Seite 43 nicht in die Finger, so viel ist sicher. Und dafür habe ich jetzt zehn Jahre Hausverbot bei Hakon.“

Billy spähte an ihm vorbei.

„Die räumen gerade deinen Altar ab, Miranda.“

„Hekate wird sich damit schon selbst befassen“, erwiderte Miranda, obwohl es ihr wehtat, zuzusehen, wie ein guter Teil ihrer Habe eingepackt wurde. Wer konnte schon sagen, wann sie die Sachen wiederbekam? Sie ging ins Wohnzimmer, wo Mumpitz im mittleren Regalfach saß, und jeden anfauchte, der in seine Nähe kam.

„Alles wird gut“, sagte sie zu ihm, obwohl sie es gerade selbst kaum glauben konnte.

Mumpitz sah zu ihr hoch.

„Gut? Wie kann es gut werden? Wer sind diese Menschen?

Was wollen sie hier? Mach sofort, dass sie fortgehen! Sofort! Ich verlange es!“

„Sie gehen ja bald“, sagte Miranda, streichelte ihm über das lange, seidige Haar, dann ging ihr auf, was eben passiert war.

„Mumpitz“, flüsterte sie. „Sag etwas zu mir!“

Wütend fauchte er: „Habe ich nicht gesagt, was ich will? Sie sollen weggehen. *Weggehen!* Sofort! Ich mag sie nicht.“

„Ich kümmere mich darum“, versprach Miranda. Dann ging sie in die Küche, wo Nexus gerade versuchte, den Quittenlikör vor der Beschlagnahmung zu retten. Vergeblich.

„Nexus“, sagte Miranda.

„Ja? Was?“

„Mumpitz hat mit mir gesprochen. Gerade eben. Billy hat mir einen Löffel von dem Elixier gegeben und jetzt ...“

Isabel sah sie vom Rand der Spüle an, wo sie immer noch saß.

„Nun, dazu war das Elixier doch gedacht, nicht wahr?“, fragte sie.

Miranda fröstelte.

„Es ist gelungen“, sagte sie fassungslos. „Perrys Elixier wirkt. Es wirkt tatsächlich!“

Nexus gab so etwas wie ein Stöhnen von sich.

„Na endlich kann die Tiernärrin auch noch mit den Viechern reden“, sagte er. Dann grinste er plötzlich. „Was für ein Hund von einem Alchimisten dieser Perry doch ist!“

Inspektor Andrews kam gerade herein, als sie alle lachten.

„Ich sehe, Sie sind nicht gerade besorgt.“

„Gesetzestreue Bürger müssen ja wegen nichts besorgt sein“, belehrte ihn Nexus. „Meinen Sie übrigens, es steht der Durchsuchung entgegen, wenn ich jetzt Pizza bestelle? Ich kriege gerade richtigen Heißhunger.“

„Es steht der Durchsuchung nicht entgegen“, gab Andrews ein wenig steif zurück. „Aber ich darf Sie darüber informieren, dass ich gerade auch für Ihre Wohnung und für das Haus von Mr Charles einen Durchsuchungsbefehl erwirken konnte.“

Nexus zuckte die Achseln.

„Wenn ich das gewusst hätte, hätte ich ein bisschen aufgeräumt. Das mit der herumliegenden Unterwäsche tut mir schon im Vorhinein leid. Wirklich. Miranda – möchtest du wieder eine Margherita? Und du Billy? Wären Oliven für dich ok?“

Billy wusch sich die Hände über der Spüle und musste dabei auf Seife verzichten, weil sie ebenfalls eingepackt worden war.

„Ja“, sagte er. „Oliven sind ok. Und alle drei bitte mit extra Käse, wenn keiner was dagegen hat!“

Ausblick

Wie winden sich unsere Freunde nun aus der Sache wieder heraus? Wo steckt Janet Somerleyton? Und wird es helfen, dass Miranda jetzt mit Tieren sprechen kann?

Wenn du das herausfinden möchtest, erfährst du mehr im dritten Teil, der zeitnah erscheint.

Falls du den ersten Teil verpasst hast, findest du ihn ebenfalls auf Amazon: „Das nasse Kätzchen".

Der Band ist auch als Hörbuch verfügbar und auch der zweite wird als Hörbuch erscheinen und natürlich auch als Taschenbuch.

Die fünf Tiere:
Das weiße Kätzchen
Der wuschelige kleine Hund
Der Kater mit den zwei Schwänzen
Der Vogel mit den feucht-dunklen Augen
Der Dachs

Printed in Poland
by Amazon Fulfillment
Poland Sp. z o.o., Wrocław

33850621R00109